Contents

プロローグ —— 006

第一章 —— 036

第二章 —— 078

第三章 —— 129

第四章 —— 174

第五章 —— 222

エピローグ —— 247

宮廷のビーストマスター、
幼馴染だった隣国の王子様に引き抜かれる

～私はもう用済みですか？　だったらぜひ追放してください!～ 2

日之影ソラ

PASH!文庫Fiore

プロローグ

ビーストマスター。

その称号を得た者は、一つの例外もなく世界の歴史に名を刻むことになる。

動物や魔物を自身の魔力で従わせ使役する者、テイマー。

異なる世界、空間から契約を交わした生物を召喚し操る者、サモナー。

天使や悪魔、異なる存在を自身の肉体に憑依《ひょうい》させ、様々な能力を得る者、ポゼッシャー。

三者はそれぞれに異なる才能を有する者たち。一つ得られれば才ある者として期待されるだろう。

二つ得られれば天才と呼ばれ、栄光の将来を約束されたも同然である。

そして――

調教、召喚、憑依の全てに適性を持つ者など、いかなる才能があろうとも容易に得ることはできない極致である。

故に奇跡とも呼べる存在。天才中の天才であり、他の追随を許さぬ頂点。

いずれこの世の歴史に名を遺《のこ》すであろう彼らのことを、人々は尊敬と畏怖を抱き、こう呼ぶのである。

——ビーストマスター。


その称号を持つ者は、長い人類史の中でも数えるほどしか存在しない。世界にある多くの国々にとって、魔獣や精霊、猛獣たちを使役できる彼らの存在は不可欠であった。

それは現代において、ビーストマスターの存在そのものが力であり、国力を表す重要な要素になっていたからだ。

いかに多くの猛獣を飼いならし、テイマーが複数いたとしても……。

それに加え、サモナーやポゼッシャーがいようとも、たった一人のビーストマスターの存在だけで、国はひっくり返る。

それほどの存在が、ビーストマスターなのだ。

故に多くの国々が切望する。自国にも、奇跡の存在が誕生することを。もしも外からビーストマスターがやってきたのなら、それこそ世界最大の幸運と呼べるだろう。

かたや幸運な国が一つ、そんな幸運を自ら手放してしまった国が一つ。

◇◇◇

「はい、みんな！　ご飯の時間だよ」

生き物たちを飼育している施設で、大量の餌を用意して彼らに呼び掛ける。

飼育されている生き物の種類は千差万別。本来ならば捕食者と被食者、競争相手である生き物たちが、同じ速度で集まってきた。

自然界ではありえない光景だけど、ここでは普通のことだ。

「急がないで。ちゃんとみんなの分はあるから」

ご飯の時間はいつも賑《にぎ》やかで、誰よりも早く食べようと、せっかちな生き物たちが土煙を起こしながら集まる。

むしゃむしゃと美味《おい》しそうに食べる様子を見て微笑《ほほえ》み、食べ損ねている子がいないかも確認する。

「こらっ！　それは別の子のご飯でしょ？」

時々、食いしん坊な子が他の子のためのご飯を横取りしちゃうことがある。ダメだよと注意して、食べていなかった子を誘導してあげた。

食べてしまった子は、怒られたことでしょぼんとしている。私は頭を優しく撫《な》でてあげた。

「わかってる。わざとじゃないもんね？」

食欲に素直なだけで、意地悪をしようと横取りしたわけじゃない。動物たちに悪気はないし、自然界なら奪い合いは普通のことだ。

順番をお利口《りこう》に守れるのは、訓練された子たちだからこそ。

注意はするけど、必要以上に叱ったりはしない。私たちは彼らを自然から引き離し、人の手で育てることを決めた。

それは私たちの都合で、彼らは巻き込まれたにすぎない。

だから常に考えなければならない。彼らを使役するという意味を。自然から切り離し、人間社会に溶け込ませることが、彼らにとって不幸にならないように。

人々の暮らしを守ること。

それだけじゃなくて、私たちのもとで生きてく彼らのことを、手にした命に対する責任を果たすことも、宮廷調教師としての使命だ。

「セルビア姉さん、こっちは終わったんで手伝うっすよ！」

動物たちの餌やりをしていると、後ろから元気いっぱいに声をかけられた。

私は振り返り、答える。

「ありがとう、リリンちゃん。こっちもすぐに終わるよ」

「速いっすね！　さすが姉さん！」

「ご飯をあげているだけだからね」

「それでもっすよ！　みんなが安心してご飯に夢中になれるのは、それだけ信頼されてるって証拠っすから！」

元気にそう言いながら、リリンちゃんはご飯を食べている魔獣の頭をなでなでしてあげていた。

「リリンちゃんのほうが信頼されているよ」

「ウチはまだまだっすよ」

「ううん、そんなことない」

どんな動物も、食事中に触られるのは嫌がるものだ。ご飯を奪われてしまうという危機感や、食事に集中したいのに邪魔しないで、と嫌がることが多い。

しかし信頼関係が築けている相手なら、多少食事中に触れても嫌がらない。

信頼という意味ならば、リリンちゃんのことを彼らはとても信頼しているのだろう。

上手《うま》く信頼関係が築けていないと、時々言うことを聞かなかったり、反抗されたりもする。そういうことが一切ないのは、彼女がこれまで、ここの生き物たちに信頼されるような行動をしてきた証明だった。

「セルビア姉さんが連れてきた子も、みんな素直でいい子たちっすね」

「そうだね。そう言えるのも、リリンちゃんが信頼されている証《あかし》かな」

「なんすか？　そんなに褒めないでくださいっす。あんま褒められると照れちゃうんで」

リリンちゃんは嬉《うれ》しそうに頬を赤くする。

彼女はノーストリア王国の宮廷に所属するテイマーで、立場上は私の先輩にあたる。

私がこの国にやってくるまで、宮廷にテイマーは一人だけだった。もう一人のサモナーを含めてたった二人で、国を支える生き物たちのお世話をしていた。

とても凄《すご》いことだ。

初めて彼女が飼育している生き物と対面した時、まったく不満を感じていないことが伝わってきた。

愛情をもって接し、常に寄り添い、時に友人のように遊んであげる。

彼女は自然に熟《こな》しているけど、実はかなり難しいことだ。なぜなら私たちは人間で、彼らは異なる種族だから。

きっと、彼女は種族の違いなんて、たいして気にしていないのだろう。

「こら二人とも、いつまで無駄話をしているんだい？」

「すみません、ルイボスさん」

「なんすか？　乙女《おとめ》の会話に入ってこないでほしいっす」

「じゃ、邪魔者みたいに言わないでくれるかな……」

落ち込んで俯《うつむ》くメガネの男性は、これまで国を支えてくれていたもう一人の宮廷調教師、ルイボスさんだった。

彼はメガネをくいっと持ち上げて言う。

「二人とも、一応今は仕事中ですからね？　無駄話もほどほどにしてください」

「はい。すみません」

「いいじゃないっすか！　ちゃんと働いた上でのおしゃべりっすよ？　硬すぎるのはメガネだけにしてほしいっすね」

「あっ、ちょっ！」

リリンちゃんがルイボスさんのメガネを奪い、ぽいっと高く投げた。それをグリムグレンが綺麗《きれい》にキャッチし、逃げてしまう。

「僕のメガネを返せ！」

ルイボスさんはメガネを追いかけて走り去ってしまう。

その光景を見ながら手を叩《たた》き、小さく頷《うなず》いてリリンちゃんが言う。

「これで邪魔者は排除されたっす」

「あ、あんまりひどいことしちゃダメだよ」

「いいんすよ。いつものことっすから。どうせウチが投げなくても、そのうちひょいっと奪われてたっすから」

「まぁ……そうだね」

私もここで働くことに慣れてきて、ルイボスさんがメガネをとられて追いかけ回す光景は、そろそろ飽きてくるほどに見せられた。

リリンちゃんが呆《あき》れてため息をこぼす。

「はぁ……まったく、メガネ先輩はいつになったらこの子たちに信頼してもらえるんすかねー」

「あれは十分に信頼されていると思うよ」

「そうっすか？　毎日遊ばれているのに？」

「じゃれているだけだよ。みんなルイボスさんのこと、お友達だと思っているんじゃないかな？」

嫌われていたら寄ってこない。生き物たちは正直だ。本当に嫌なら目も合わせないし、自分からちょっかいもかけない。

何度も悪戯《いたずら》をしかけるのは、ルイボスさんのことを仲間だと認めている証拠で、彼が優しくて、決して本気で怒ったりしないとわかっているからだ。

それも一つの信頼。私から見れば、テイマーでもないのにこれだけ生き物に好かれている彼は凄いと思う。

彼はサモナーで、水を操る精霊と契約をしている。

本来、サモナーは動物の世話を任されたりはしない。テイマーのように魔力を体外に放出できないサモナーは、直接契約することで、いつでも魔獣や精霊を召喚できる。

テイマーはその能力のおかげもあって、生き物に無条件で好かれやすい。対してサモナーは一般人と変わらない。

テイムした生物たちにとってテイマーは主人だが、それ以外は他人でしかなくて、場合によっては嫌われたり、攻撃されたりも普通にある。

だから基本、テイムした生物のお世話はテイマーが任される。

しかしこの国は人材不足で、宮廷で働くテイマーがリリンちゃんしかいなかった。

さすがに彼女一人で、生き物たちのお世話をするのは大変だ。そこでルイボスさんも、リリンちゃんの手伝いでお世話をするようになったらしい。

「二人とも凄いよ。二人でこの国を支えてきた証が、ちゃんと生き物たちを通して伝わってくるから」

「ビーストマスターにそう言われるのは光栄っすね！」

嬉しそうに微笑むリリンちゃん。彼女の笑顔に惹《ひ》かれるように、周囲にテイムした生き物たちが集まってきた。

テイマーとしての才能だけじゃない。彼女は元より、生き物に好かれやすいのだろう。

そういう雰囲気というか、オーラを纏《まと》っている人は確かにいる。

「僕のメガネー！」

「……本当に信頼されてるんすかね？」

「た、たぶん？」

今日はいつになく、グリムグレンが遊びに夢中になっていた。高すぎてルイボスさんは手が届かない。

さすがに疲労して、ぜーぜーと呼吸を荒くしている。

「助けたほうがいいかな……」

「大丈夫っすよ。疲れて追いかけてこなくなったら、飽きて返してくれるんで」

と、言っている間にルイボスさんが膝から崩れ落ちた。どうやら体力の限界がきたらしい。そこへグリムグレンが降りてきて、メガネを返す。

「あ、ありがとうございます。できればすぐに返してほしかった」

「ほらね」

「あはははっ……」

まだ一日は始まったばかりなのに、限界まで走って体力を削って大丈夫なのだろうか。

もっとも、これもいつもの光景だから、本気で心配しているわけじゃないけど。

それに今は、以前と違って心強い仲間も増えた。

「相変わらずにぎやかですね」

「あっ！　ちょっと後輩！　どこで遊んでたんすか！」

「遊んでたわけじゃないですよ？　先に書類整理とかを済ませてきただけです」

「本当っすか？　テキトー言ってサボってたんじゃないっすよね？」

「ひどい先輩だなー。後輩が頑張っているのに認めてくれないなんて、なんてひどい先輩なんだー。これは尊敬できないなー」

「なんすかそのわざとらしい言い方！　元から尊敬とかしてないっすよね？」

「よくわかってるじゃないですか」

「このぉー！」

アトラスさんは相変わらず、リリンちゃんをからかうのが上手だ。

ルイボスさんをからかうのが得意なリリンちゃんも、アトラスさんにはずっと口で勝てなくて、悔しそうな顔を見せている。

「彼には僕が仕事を頼んだんだよ」

「そういうことです」

どうやら事前にルイボスさんがお願いしていた仕事のようだ。これには言い返せず、リリンちゃんは悔しそうに唇を噛《か》む。

「くっ……ちょっとメガネ先輩！　この人後輩のくせに先輩への態度がなってないっすよ！　教育したほうがいいんじゃないっすか！」

「それを君が言うのか……」

ルイボスさんは呆れ顔で溜息《ためいき》をこぼした。

先輩後輩で言えば、リリンちゃんはルイボスさんの後輩にあたる。

「俺はしっかり先輩のことを見習っているだけですけどねー」

「くっ……生意気なぁ……」

「だから君が言えるセリフじゃないよ」

「うるさいっすよメガネ！　また飛ばされたいんすか！」

「そういうところだよ！　あとせめて先輩はつけてくれ！」

「ふふっ」

見ていて思わず笑ってしまう。

この光景も当たり前になってきて、私たちの職場も随分と賑やかになった。

「つーかいいんですか？　今さらですけど、俺一人に書類整理なんてまかせて。一応俺、元敵国の人間ですが」

「はっ！　まさか裏切るつもりっすか！　許さないっすよ！」

「いや、そんな気は微塵《みじん》もありませんけどね」

「ならいいじゃないか。君はもう、ノーストリア王国の宮廷調教師なんだ」

「一応そうですね」

アトラスさんは元スパイ。

敵国であるウエスタン王国から、私のことを探るために送り込まれたのだが、私たちの側に寝返った。

ウエスタン王国での仕事環境は酷《ひど》いもので、上司であるビーストマスターのイルミナ・ヴァンティリアは無茶な要望ばかりする人物だったらしい。

私と似たような境遇に疲れ果てていたアトラスさんは、自国を裏切り、私たちの味方になる道を選んだ。

一度でも国を裏切った人間は、誰からも信用されなくなる。

それが普通のことで、アトラスさん自身もよくわかっているのだろう。だから執拗《しつよう》に、本当にいいのかと私たちに問いかける。

けれどルイボスさんはメガネをくいっと持ち上げて、優しい表情で答える。

「先の襲撃で、アトラス君はリリンを守ってくれていただろう?」

「まぁそうですね」

ウエスタンのビーストマスターによって召喚されたハエの王ベルゼブブ。国を襲った大悪魔によって混乱を極める中、狙われていたのは私たちだった。

それをいち早く察知したアトラスさんは、ポゼッシャーの力を行使することで、リリンちゃんの窮地を救った。

「あの時、君が守ってくれなければ、リリンは大けがをしていただろう。最悪、命を落としたり、敵国に連れ去られていたかもしれない」

「そんなことないっすよ！　あれくらいなら自力でひょひょいっと！」

「リリン。助けられたことを忘れたのか？」

「うっ……まぁ、ピンチだったすよ。それは認めるっす」

珍しく、ルイボスさんに言い負かされたリリンちゃん。素直になれずに目を背けながらも、自身が救われたことはしっかり認めていた。

あの日、誰も予想できなかった。

私も反応が遅れたし、イルミナと面識があり、彼女の性格を知っているアトラスさんだからこそ、誰よりも早く動くことができたのだろう。

「裏切りを知られても、君にはまだ選択肢があったはずだ。僕たちに脅されているとか言って、もう一度裏切って、ウエスタンに戻ることもできる」

「いや、さすがに無理ですよ。裏切りの裏切りは」

「そうかな？　君は優秀な人だから、方法は考え着くと思う。それにあちら側としても、こっちの情報と一緒に優秀な人材が戻ってくるなら喜ばしいことだろう。今なら許すと交渉されても不思議じゃない」

「……まぁ実際されましたね」

「え？　そうだったんすか？」

リリンちゃんが目をパチッと開けて驚く。

私たちも知らなかった。あの場、あの瞬間、彼は選択したのだ。このまま私たちと共に歩むか。ウエスタン王国に戻るのか。

そして彼は選んだ。

「それで、ウチらを選んだんすか?」

「そうですよ」

「なんでっすか?」

「そんなもん、地獄と知ってわざわざ戻る奴《やつ》がいると思いますか?」

「そんなに地獄だったんすか?」

「少なくとも俺にとっては地獄でしたよ」

「じゃあこっちは?」

リリンちゃんの問いかけに、少しだけ時間をあけて答える。

「あの地獄に比べれば、よほど天国ですよ」

アトラスさんは気の抜けた笑顔を見せる。それは長く窮屈な檻《おり》に閉じ込められていた鳥が、大空へ自由に羽ばたくように。

その気持ちはよくわかる。

私もかつての仕事場と比べると、天と地ほどの差があるから。

仕事は大変なもので、決して楽しいものじゃない。それでも楽しく働ける職場があるのなら、そこは間違いなく天国で……。

「そうっすか！　天国っすか！」

「ん？」

「そんなにウチらと一緒がよかったんすねー。可愛《かわい》いこと言ってくれるじゃないっすかー。そこまで言うなら仕方ないっす！　これからも一緒に働いていいっすよ」

「いや、それを決める権限はないでしょ？　先輩（仮）には」

「誰が仮っすか！」

「ルイボス先輩も大変でしたよね？　ちょっと前まで二人だけだったんでしょ？」

「そうなんだよ。わかってくれる人が増えてくれて僕は嬉しい」

「ちょっと何寝返ってるんすか！　メガネはこっち側でしょ！」

「だからせめて先輩は後ろにつけて……」

本当に賑やかになった。

天国と呼べる職場。もちろん環境がいいのだけど、その環境を形作っているのは、そこで働く人々に他ならない。

つまり、ここが天国だと思えるのは、ルイボスさんやリリンちゃんの存在が大きい。

きっとアトラスさんもわかっているはずだ。

環境を作るのは、いつだって人間なのだから。

「先輩として認めてほしいなら、書類仕事くらいまともにやれなきゃダメだと思うんですけど？」

「うっ……」

「どうなんですかねー、俺よりずっと前からここで働いている癖に、まともに書類整理すらできないなんて」

「く、くぅ……」

「本当に助かっているよ。アトラス君がきてくれたおかげで、僕の仕事も半分になった」

「いえいえ、後輩として張り切って働かせてもらいますよ」

「いいっすよ！　じゃあウチはこの子たちのお世話だけしてるんで！　あとは男どもで勝手にすればいいっす！　ふんっ！」

「子供かよ」

「子供じゃないっすよ！」

「まったく」

彼らのやり取りは、見ていて飽きないな。

こうして宮廷で、楽しくゆかいな仲間たちと一緒に働きながら日々を過ごしていく。

一日が過ぎるのはあっという間だ。

楽しい時間だからこそ、時間の流れも早く感じるのだろう。

いつの間にか夕暮れになって、定時になった。

「残業もないのは最高ですよね」

「そうですね」

仕事終わり、廊下を歩きながらアトラスさんが私にそう言った。

とても共感できる。セントレイク王国のビーストマスターだったころは、残業することが当たり前で、定時に仕事を終えた日なんて一度もなかった。

辛《つら》くても誰も助けてはくれない。

ビーストマスターという立場が、無責任な信頼を生んでしまっていたから。

「みんな……私に任せればいいと思ってたんでしょうね」

「そういうもんですよ。どこの職場も、上手くサボっている奴がいる中で、サボる暇もないくらい働いている奴もいる。セルビア先輩は後者でしょうね」

「アトラスさんもじゃないんですか？」

「俺はほら、いつもどうやってうまくサボるか考えてたんで」

「その割に、毎日しっかり働いているように見えますけど」

普段の仕事風景で、彼がサボっているところを見たことがなかった。

まだ付き合いはそこまで長くはない。けれど彼の仕事は丁寧で、早くて、正確だった。

それもあってルイボスさんは彼を信頼し、重要な仕事を彼に任せたりもしている。実際、事務仕事に関しては、ルイボスさんよりも速い。

「真面目《まじめ》ですよね。アトラスさん」

「そんなんじゃないですって。ただまぁ、皆さんには恩がありますからね」

「恩？」

「敵国の人間だった俺を、簡単に受け入れてくれた恩ですよ。普通はもっと疑ってかかるでしょ？」

「ふふっ、それはそうですね」

私の時もそうだった。

元セントトレイク王国の人間を、彼らは驚きながらもすんなり受け入れてくれて、親身になって仕事を教えてくれた。

まるで初めからこの国で働いていたような錯覚すら覚えた。

馴染《なじ》むのが速いのではなくて、私たちが馴染ませられていたと気づいたのは、ここへ来て少し後のことだ。

「俺はどこまでいっても裏切者です。その事実は消えないし、たぶん一生……忘れることもないと思います」

「……そうですね」

「でも、そんな俺を信用してくれる人がいる。なら、それに応えるくらいはしたいと思いますよ」

「はい」

その気持ちもよくわかる。

以前からずっと思っていたけど、私たちはよく似た境遇を体験したからこそ、考え方も似ているのかもしれない。

「今の話、リリンちゃんにも聞かせてあげてくださいね」

「嫌ですよ。調子に乗るじゃないですか」

「でも喜ぶと思いますよ？」

「別に喜ばせたいわけじゃないんでね。ん？　それじゃ俺はここで！　ごゆっくりどうぞー」

「え、あ、はい。お疲れ様でした……ん？」

ごゆっくり？

何を？

アトラスさんが颯爽《さっそう》と去っていった数秒後、私の肩がトンと叩かれた。

「本当に気が利くやつだな」

「リクル君！」

私の肩を叩いたのは、この国の第一王子。リクル・イシュワルタ。私とは古い友人で、いわゆる幼馴染《おさななじみ》だ。

そういうことか。アトラスさんはリクル君が近くにいることに気づいて、私に気を遣ってくれたらしい。

リクル君が呟《つぶや》いたように、本当に気が利く人だと思った。

「こんばんは、お仕事はもういいの？」

「ああ、そっちもか？」

「うん。今日も予定通りに終わったよ」

「そうか。なら少し歩かないか？」

「私も同じことを言おうと思ってたところだよ」

せっかく顔を合わせたのだから、挨拶だけで別れるのは勿体《もったい》ないと思った。

私たちは帰路から外れ、王城の中庭に出る。

すでに太陽は沈み、微《かす》かに西の空からオレンジ色の光が見えている。それもあと数分で消えて、夜空の星々が輝き出すだろう。

「リクル君、最近特に忙しそうだね」

「どこかの国が派手に暴れてくれたおかげでな」

ベルゼブブ召喚の一件があった後くらいから、リクル君が忙しそうに執務室に籠る姿を何度か見ている。

今日も朝から執務室にいたことは知っていたし、これまで時間を見つけては私たちの様子を見に来てくれていたけど、最近はそれもなくなった。

「悪いな。本当は一日に一回は、お前たちの様子も見ておきたいんだが」

「ううん、忙しいのに無理しちゃダメだよ」

「そうだな」

「余裕はできそうなの？」

「どうだろう。ちょっとは落ち着いたと思う」

「そうなんだ。私にできることがあったら何でも言ってね？」

「ありがたいけど、お前にも仕事があるだろ？」

「うん。でも、こうなった原因は私にあるから」

ノーストリア王国がウエスタン王国に目を付けられたのは、私がこの国のビーストマスターになったからだ。

私自身、深くは考えていなかったことを反省している。

ビーストマスターの存在が、いかに国にとって重要なのかを、改めて理解させられた。

私がいることで、これからも多くの人々が、国が、ノーストリア王国に注目するだろう。

リクル君の忙しさも、元をただせば私がいるせいだ。

だったら私がもっと頑張らないと、と思う。これ以上、リクル君やみんなに迷惑をかけないように。

「迷惑かけないように、とか思っていないだろうな？」

「え？」

「図星か」

「な、なんでわかったの？」

口には出していないはずだけど……。

リクル君は小さくため息をこぼし、呆れた顔で言う。

「お前、結構表情に出やすいぞ」

「そ、そうかな？」

私は慌てて自分の顔を隠すように、両手で頬に触れる。表情なんて気にする機会がなかったから、言われたのも初めてだ。

「迷惑かどうかなんて、お前が考えることじゃないぞ」

「でも……」

「お前を誘ったのは俺だ。俺の判断でお前をこの国で雇っている。なら、もしも何か不都合が起こったら、全部俺の責任なんだよ」

「リクル君……」

リクル君は優しく微笑みながら、私の背中をポンと叩く。

「だから気にするな。セルビアは自分の信じたことをすればいい。正しいことなら俺も応援するし、間違っていると思ったら止める。それが普通のことだ」

「……そうだね」

本当に当たり前のことだ。

責任の所在とか、誰の指示かとか。

組織に属していればいつだって考えなくてはならない。自分のせいで失敗して、みんなが不幸になったらどうしよう。

そんな風に考えて、一歩を踏み出せず、頭を抱えて何もできなくなってしまう人もいるだろう。

私のように一人でたくさんの仕事を任されて、心と身体《からだ》がパンクしてしまい、失敗すればすべて自己責任になる環境は、本来あってはいけないんだ。

リクル君の言葉は、私の背中を押してくれる。

ここで頑張ろうと、何度でも思える。

あの日、リクル君と再会できてよかった。この世に運命なんてものがあるのなら、私は心から感謝しよう。

「私を誘ってくれたのが、リクル君でよかったよ」

「俺のセリフだ。俺の誘いを受けてくれたのが、セルビアで本当によかった」

私たちは同じことを思う。

再会できたこと、もっと以前の、出会えたことに深く感謝をしている。

幼い日の思い出は、今も変わらず私の中にある。声をかけてくれたこと、友人になってくれたこと。全ての奇跡が、今この瞬間に繋《つな》がっている。

私はなんて幸運なんだ。

「そういえば、身体のほうは平気？」

「ん？　なんのことだ？」

「ほら、あの時にポゼッションを使ったでしょ？　憑依は身体への負担が大きいから、慣れていないと何日も疲労が残るんだよ」

「その話か。まったく問題ないよ。使ったのも短時間だしな」

「短時間でもだよ。憑依させたのは大天使様なんだから」

リクル君には、肉親すら知らない秘密がある。

それは、彼が大天使ウリエル様と契約したポゼッシャーであることだ。このことを知っているのは、この国では本人と私だけ。

国王陛下やリリンちゃんたちですら知らない。

「心配性だな。大丈夫だ。これまで三度使っているけど、特に疲労も感じない」

「それはいいことじゃないよ。普通は疲れるものなの」

「そうなのか？」

「うん。疲労を感じないのはたぶん、麻痺《まひ》しているからだよ」

リクル君は自分の手を握ったり開いたりして、感覚を確かめていた。

「どこも異常はないんだが」

「身体の問題じゃなくて、精神のほう」

「精神……」

ポゼッション……憑依はその特性上、一つの肉体に二つの魂を宿すことになる。肉体への負担も大きいが、それ以上に精神への影響が強い。

本来一つの肉体に宿る魂は一つだけ。それが世界のルールであり、魂が座る椅子は肉体に一つしかない。

他の魂が宿っている間、一人用の椅子に無理やり二人で座っているか。どちらかを追い出してしまっている状態にある。

その結果、魂は疲労し、その疲労はいずれ肉体へと還元される。

「精神の不調は目に見えないから怖いんだ。ポゼッシャーは何度も力を使うことで、魂の使い方とか、休ませ方を学習していくの。それができないと、いつか疲労しきった精神のダメージが身体に表れて、辛い思いをすることになる」

私はポゼッションをあまり使わない。ポゼッシャーでさえ、そうポンポンと力を使ったりしないのは、リスクが見えにくく突然やってくるから。

テイマーやサモナーにはわからない独得のダメージは、感じた頃には手遅れ……なんてパターンもある。

「じゃあやっぱり、今後も使わないほうがいいか」

「ううん、極端なのもダメだよ。慣れさせるために短時間、休憩をしっかり挟んで使っていった方がいいと思う」

「訓練が必要ってことか」

「うん」

私は小さく頷いた。

ポゼッシャーは力を使いこなせるようになるまで、他の二種よりも時間がかかる。

元より才能がある人間が少なく、技術も感覚的な部分が多いから、あまり他人に教えたり、教わったりすることが出来ない。

感じ方は人それぞれ異なるから、自分で自分の感覚を摑《つか》むしかないんだ。

私も慣れるまでは大変だった。

とくに私の場合は、憑依させられる対象が偉大な魔王様だったから……。

単に慣れさせるだけじゃなくて、憑依させる相手とのコミュニケーションも不可欠になってくる。

「リクル君はちゃんと話をしている？　ウリエル様と」

「いや、ほとんどないぞ。力を使った時に少し話す程度だ」

「それもよくないよ。ちゃんとコミュニケーションはとっておかないと」

「そういうものなのか……うーん、天使と会話……想像できないな」

「だからこそ話すんだよ。相手のことを知らないと、憑依は上達しないんだ」

相互理解、それができない関係性だと、憑依によるデメリットはより大きくなってしまう。反発し合う魂を同じ肉体に入れたらどうなるか。

肉体が耐えきれずに崩壊するか、先にどちらかの魂が大きなダメージを負うだろう。

より簡単に表現すると、相性が大事なんだ。

憑依できる時点で相性が悪いことはないけれど、性格的な部分だったり、実際に話してみないとわからないこともある。

「私も最初は怖かったけど、魔王様は意外と話が通じる方で、利害が一致すれば積極的に協力してくれるようになったよ」

「なるほどな。俺も話しかけてみるか」

「うん、そうしたほうがいいよ」

憑依相手との会話は、憑依中以外では自身が眠っている時に可能となる。

話したいと眠る前に願い、相手がそれに応えてくれた場合だけだが、私はウリエル様の性格を知らない。

だから話ができるかどうかは、リクル君次第になりそうだ。

「私に教えられることは少ないけど、時間を作ってポゼッションに慣れる練習をしよう」

「そうだな。これまで使わないようにしていたけど、今後考えたら……使う場面も増えそうだ」

リクル君はぎゅっと握りこぶしを作る。

「俺の力は、イルミナ・ヴァンティィリアにもバレてしまった。次に俺たちの国を狙うなら、もっと大掛かりな方法をとるはずだ」

「……そうだね。あまり考えたくないけど」

あれで終わるとは思えない。

私と同じビーストマスターで、アトラスさん曰《いわ》く、とても性格が悪いらしい。

次はどんな手段を使ってくるのか。リクル君が忙しくしている理由の一つは、ウエスタン王国の動向を探っているからだ。

リクル君は続けて言う。

「今のところ大きな動きはない。それがむしろ不気味だ。裏で何かを企《たくら》んでいるんじゃないかと睨《にら》んでいる」

「……また、襲ってくるのかな」

「わからない。わからないからこそ、備えられることは備えよう。セルビア、俺の特訓に付き合ってくれ」

「うん。私にできることは全部やるよ」

これはリクル君の問題であり、王国の問題であり、何より私自身の問題でもある。この国のビーストマスターとして、みんなを守れるように。

たとえ相手が同じ立場の存在であろうとも。

「私も負けない。必ず守ってみせるよ。この国を」

「ああ。一緒に守ろう」

私たちは戦いから逃げない。

自分が傷ついても、皆の居場所を守るために。

平穏で、幸福な日々を守るためなら、私は無限に頑張れる気がするんだ。

第一章

世界三大国家の一つ、ウエスタン王国。

かつてのセントレイク王国と並ぶ大国家であり、世界に三人しか存在しないビーストマスターの一人を獲得していた。

その国力はすさまじく、軍事力だけで言えばセントレイク王国よりも優れていると言われている。

理由は現国王が、力こそが国を育み、より大きな発展を成し遂げると考えているためである。

力なき理想は虚《むな》しいだけ。圧倒的な力があってこそ、理想の世界は形作られる。

故に現国王は、さらなる力を求めていた。

その一端として、セントレイク王国から離反したビーストマスター、セルビアを引き入れることを考え、自国のビーストマスターに依頼した。

だが、その結果は……。

「失敗したようだな」

「……はい。申し訳ございません。あと一歩まで追い込んだのですが、予想外の事態が発生しました」

イルミナは国王の寝室に招かれ、二人きりの時間を過ごしながら、ノーストリアでの報告をしている。

彼らは愛人ではない。夫婦でもない。しかし特別な関係であり、独特の信頼関係を構築している。

ウエスタン国王はイルミナを抱き寄せ、耳元で囁《ささや》くように尋ねる。

「予想外？　お前ほどの女が予想できないことがあったと？」

「はい」

イルミナは国王の胸に触れながら、事の経緯を話す。

「私の部下だったアトラスが、ノーストリアに懐柔されてしまいました」

「アトラスか。確か優秀なポゼッシャーだったはずだが」

「はい。そのアトラスの裏切りによって、こちらの情報も漏れてしまっていたようです」

アトラスは国王にも名前と存在を覚えられていた。

それほど優れた人材が、ノーストリアに寝返ったことに多少の驚きを見せる。

だが、それだけでは自国の優位は覆らない。

同じビーストマスターを保有する国同士とはいえ、ノーストリアはつい最近ビーストマスターが加入したばかりだった。

戦力、土地、人員も足りていない。

いかに強大な力を持つビーストマスターといえど、わずかな時間で大国と並ぶ成長を、国にもたらすことは難しい。

仮にできたとしても、ウエスタン王国にもビーストマスターがいる。

同じ力を持つ者同士がぶつかれば、優位に立つのは国力が優れているほうである。

故に、負けるはずがなかった。

予定ではノーストリアを追い込み、ビーストマスターを含む宮廷調教師をすべて拉致し、洗脳して自国の戦力にするはずだった。

仮にビーストマスターの捕獲が失敗しても、他の人員は拉致できる。

しかし現実は、まったくの無収穫。

否、むしろ失ったもののほうが多く、ノーストリアがウエスタン王国を警戒する理由を作ってしまった。

「それだけではないはずだ。何があった？　ビーストマスターが何か隠していたか？」

「いいえ、彼女の力はおおむね予想通りでした」

大魔王サタンの憑依《ひょうい》によって、ハエの王ベルゼブブは討伐されてしまった。

しかしこの程度は予想の範疇《はんちゅう》。彼女の狙いは、ベルゼブブとの戦闘で疲弊したセルビアを強襲し、拉致すること。

いかにビーストマスターでも、魔王ほどの力を持つ存在を憑依させることは、肉体や精神への負担が大きい。

ベルゼブブを使ったのは、広範囲に力を使える点だけでなく、セルビアを削る目的のためだった。

決して倒せるなどとは思っていない。

予定通りに疲弊させ、そこへイルミナは姿を見せ、セルビアを捕らえるはずだった。

だが、ここで予想外のことが起きた。

「ノーストリアの第一王子……リクル・イシュワルタはポゼッシャーです」

「何？　事実なのか？」

「はい。しかも、ウリエルと契約しています」

「――――！　大天使を憑依させられるのか」

驚く国王に、イルミナは小さく頷《うなず》いて返事をした。

ポゼッシャーは他の二種よりも人数が少ない。中でも強大な力を持ち、魔界の王たちと対を成す大天使を憑依できる者などそういない。

国王はイルミナに尋ねる。

「我が国に、天使と契約しているポゼッシャーはどれだけいる？」

「二人です。ただしウリエルのような上級天使はいません」

「そうか……。イルミナ、君はどうだ?」

国王は尋ねた。ビーストマスターであるイルミナであれば、大天使とも契約しているのかと。

国王とはいえ、ビーストマスターの契約相手を全て把握しているわけではない。手の内を晒《さら》すことは、貴重な戦力を失うことに繋《つな》がりかねない。国王の方針で、イルミナは自身の手駒を非公開にしている。

イルミナは首を横に振って否定した。

「君でさえ、か」

「私に限った話ではありませんが、ビーストマスターは、天使との相性がよくないようです」

「それはどういう意味だ?」

「そのままの意味です。悪魔と契約したポゼッシャーは、天使とは契約できません。ビーストマスターであっても……私はすでに、複数の悪魔と契約しています」

「だから天使とは契約できない、か。ノーストリアのビーストマスターはどうだ?」

「彼女も同様です。ベルゼブブとの戦闘で、彼女はサタンを憑依させました」

「魔界の大魔王か」

イルミナは小さく頷く。

魔界に存在する悪魔たちの頂点、圧倒的な支配力を持つ大悪魔の一柱。大魔王サタン、またの名を堕天使ルシファー。

魔界を統べる三大支配者であり、皇帝と呼ばれる存在である。

「ベルゼブブも同格の悪魔だったはずだが、サタンには敵《かな》わなかったか」

「あれは召喚による不完全な顕現でした。もしも私がポゼッションを使っていたなら、勝負はわからなかったと思います」

あの時点での目的は、セルビアを削ることだった。

気づかれないようにハエたちをノーストリアに広げ、被害を拡大させることで、精神的に削る目的もあった。

故に選択されたのは、憑依ではなく召喚による顕現。

ただし、大魔王ほどの存在を召喚することは、ビーストマスターといえど至難の業《わざ》である。

召喚できても完全には力を発揮できない。

あの襲撃で召喚されたベルゼブブは、本来の力の半分も発揮できていなかった。

「悪魔や天使は、こちらの世界では相応に力が制限されます。憑依であれば、それを補強できますが、それだけ肉体への負担も大きいです」

「もちろん知っている。思惑通り、ノーストリアのビーストマスターに憑依を使わせたのだろう？」

「はい。あと一歩でした」

「そこに現れたのが、第一王子か」

「はい。彼は大天使ウリエルを憑依させ、私が呼び出したリッチーを屠《ほふ》りました」

国王は難しい表情を見せる。

ビーストマスターの次に貴重な人材、大天使と契約しているポゼッシャー。それが王族の中に誕生していた。

世界中にスパイを送り込み、世界一と呼べる情報網を持っているウエスタン王国ですら、その事実を知ったのは先の事件が初めてである。

イルミナは国王に尋ねる。

「この事実、どうされますか？」

「暴露するかどうかか？」

「はい。一定の混乱は生まれるかと」

「うむ……だが、それ以上に歓喜するだろう」

自国の王子が大天使を憑依させられる。

貴重な戦力としてだけではない。神に仕える天使の力を行使できる者は、それだけで信仰の対象になり得る。

ビーストマスターを獲得し、勢いを増しているノーストリア王国。

ここで第一王子の秘密を暴露すれば、逆に士気を上げてしまい、より勢いをつけてしまう可能性があった。

「このことは我々だけで留《とど》めておこう」

「兵たちにも黙っているおつもりですか？」

「そのつもりだ。怖気《おじけ》づかれても困るだろう？」

「それもそうですね」

「幸いなことに、見たのは君だけだ。今のところあちらも公表するつもりはないらしい。ならばここは黙っておくほうが、我々にも得は多い」

「かしこまりました」

話が一旦まとまったところで、国王は小さくため息をこぼした。

予想外を含めて、失敗した事実に変わりはない。

新たなビーストマスターが手に入らなかったこと。優秀な人材の裏切りも含めて、損失のほうが大きい。

落胆とも思える表情に、イルミナは多少の苛立《いらだ》ちを感じていた。

「次の手を考えなければならないな」

「引き続き私にお任せください。相手の戦力はわかりました。今度は、失敗しません」

「……いいや、すでにその段階は越えている。我々の意図が露呈した時点で」

「それは……」

秘密裏に動き、セルビアを拉致する計画は、一度失敗したことで難易度が跳ね上がっている。

イルミナやウエスタン王国の目的は、ノーストリアにバレている。

故にあらゆる手段を尽くして、自国の戦力を守るために行動するだろう。

備えている相手には、相応の戦力をぶつけなければならない。

ビーストマスターに加えて、大天使の契約者もいるのであれば、イルミナ一人に任せるには負担が大きいと国王は判断した。

「暗躍する必要はなくなった。ここからは堂々と、国を動かすことにしよう」

「……」

「そんな顔をするな。君が失敗したわけではない。向こうが対応したのだ」

「……わかっています」

口ではそう言いながら、悔しさが抑えられない様子だった。

イルミナはプライドが高い女性である。

ビーストマスターとしても、一人の女性としても、誰よりも優れていると自負していた。

ほしい物は何でも手に入る。

国王の寵愛《ちょうあい》も、優秀な部下を手足のように使える環境も、これまで何の苦労もなく手に入れてきた。

だからこそ、一度の失敗、アトラスの裏切りは彼女の心に触れてしまった。

今の彼女を支配しているのは、ノーストリアへの対抗心と、失態を招いたことへの怒りだけである。

「君に動いてもらうことに変わりはない。期待しているぞ、イルミナ」

「ありがとうございます」

◇◇◇

予想外のことばかりが起こった。

「……腹立たしいわね」

国王への報告を終えたイルミナは、自室に戻り椅子に座る。

夜遅く、すでに眠る時間だったが、苛立ちと焦りから眠気を感じていなかった。

「アトラス、セルビア……それに王子リクル」

全員が予想外、もしくは予想を超える対応を見せた。

アトラスの裏切りは予想外だった。彼がイルミナに不満を抱いていることは知っていたが、それを含めて裏切れないように仕事を与え、報酬も与えていた。

彼女は理解していない。

アトラスにとって、この環境が地獄であったと。仕事があり、報酬がもらえるなら、何の不満があるのかとイルミナは思っていた。

セルビアの対応力も優れていた。

ベルゼブブ襲来から、撃退までの一連の流れは、想定したよりも速く、スマートだった。

大魔王サタンと契約していたことも、あの時点で初めて知ったことだった。

何より一番の予想外は……。

「リクル・イシュワルタ……やってくれたわね」

大天使ウリエルの憑依。

あれさえなければ、疲弊したセルビアを無力化し、捕らえることはできていただろう。

予想外や想像以上、それらが重なったことで、計画は失敗してしまった。

イルミナは思う。

もう失敗は許されない。

国を背負い、誰よりも優れた存在として君臨する自分が、何度も同じ相手に敗れることなどあってはならない。

「次は必ず……」

成功させてみせる。

たとえ、どんな手段を用いようとも。

ウエスタン王国の手は、再びセルビアたちに伸びるだろう。

◇◇◇

世界最大国家の一つ、セントレイク王国。

しかし、それも過去の話である。

国を支えていたビーストマスターを不当に追い出したことで、セントレイク王国は力を失ってしまった。

国が管理していた生物の半数は、主人であるセルビアの元へ大移動を開始。国の戦力は半分以下となった。

ビーストマスターの存在が、いかに王国を支えていたのかがわかる。

さらに流れるように、宮廷で働いていた調教師たちが、次々に辞表を提出し始めたのだった。

「また……退職者が？」

「はい。今月に入ってすでに四人目です」

「……」

宮廷調教師のロシェル。セルビアを解雇に追い込み、その地位を奪おうとした彼女だったが、現実は甘くはなかった。

一時はレイブンの活躍によって国力を回復させたが、セルビアと対峙《たいじ》し敗走したことをきっかけに、宮廷で働く者たちが次々に退職していった。

敗戦から数週間が経過した現在では、退職者は五割に到達しようとしている。

残った宮廷調教師の同僚とロシェルは、退職者のリストに目を通しながら今後について話し合っていた。

「ロシェルさん、これ以上人が減ってしまうと、さすがに私たちだけで生き物の管理をするのは難しくなります」

「わかっています。そんなこと……」

「いっそ、一部の生き物を解放するのは？」

「――！　そんなこと！　できるはずがありません！」

ロシェルは強めに否定する。

原理的には不可能ではない。他人がテイムした生物であっても、テイマーが不在となれば野生に戻すことはできる。

彼らは元々野生で生活していた。元の環境に戻るだけで、テイマーとの繋がりを維持しつつも、自分たちだけで生きられる。

ロシェルの否定は、そういう意味ではなかった。

できない、ではなく、するべきではないという意思である。

「これ以上……戦力を減らす選択を、陛下がお許しになるとは思えません」

「それは……そうですが……」

セントレイク王国は現在、過去最大の窮地に陥っていた。

これまで政治的優位に立っていた国交も、ビーストマスターを含む国力の大幅な弱体化により瓦解。

宮廷で次々に退職者が出るように、これまで友好関係を築いていた国々が、揃《そろ》って国交を断絶し始めていた。

ここに来て彼らは理解する。

これまで国同士の関係性を支えていたのは、ビーストマスターという大きな存在があったからこそだということを。

ビーストマスターがいなくなった国に、従い続ける理由はなかった。

過激な思想の持ち主たちのなかには、これまでのセントレイクの行いを許さず、侵略すべきと考える者も少なくない。

戦争になれば消耗し、いずれはどこかの国に敗北してしまう。

破れた国がどうなるかなど、考えるのも恐ろしい。

王族は処刑か、よくても奴隷となり、宮廷で働く人材も、馬車馬のごとく労働させられるだろう。

まさに天国から地獄への急転落である。

そこへ一人の同僚が、慌てて報告にやってきた。

「た、大変です！」

「どうされたんですか？」

「ウエスタン王国が……宣戦布告をしてきました！」

「なっ……」

ロシェルたちは驚愕《きょうがく》する。

ありえない、と内心で漏らす。ウエスタン王国が、ビーストマスターを失い、生物たちも大半が消えた今のセントレイクを侵略する理由はない。

誰もがそう思っていたし、現にこれまで明確な敵意は示されていない。

しかしここに来て、事態は一変した。

「どういうことですか？　なぜウエスタンが今さら！」

「わ、私に聞かれてもわかりません！　とにかく戦争になるんです。わ、私たちも戦場に

「……」

「っ……」

少ない戦力。残った彼女たちは、間違いなく戦場に立たされるだろう。

相手はビーストマスターを有する大国家だ。

戦う前から勝負は決している。

かつて肩を並べた大国は、今は過去の話である。

「へ、陛下はなんとおっしゃっているのですか？」

「わかりません。今、会議をされているはずです。その結果次第では、私たちは……」

「……」

彼女たちの脳裏に浮かぶのは、最悪の未来。

いくつ分岐しようとも、苦しい現実が待つだけだろう。

戦場で命を落とすか。敗戦国となり、戦勝国の奴隷として働き続けるか。

勝利し、栄光ある未来など訪れるはずがなかった。

報告にやってきた同僚は、冷や汗を流しながらロシェルに言う。

「わ、私は逃げます。こんな国……いられません！」

「本気ですか？　逃げるって」

「だってそれしかないですよ！　私たちに勝ち目はありません。戦争が始まる前に逃げれば、助かるかもしれないんです」

「……」

「ビーストマスターがいたら、こんなことにはならなかったのに」

「っ――」

同僚はロシェルを睨《にら》む。

彼女たちはすでに知っている。なぜ、この国からビーストマスターがいなくなってしまったのか。

その原因の一端となっているのが、目の前にいるロシェルだということも。

「と、とにかく私は逃げます！　後のことは知りませんから！」

「ちょっ！」

止める間もなく、同僚は逃げだしてしまった。

残されたロシェルと、もう一人の同僚も気まずい雰囲気になる。内心では、彼女たちの心も同じだった。

逃げ出せるものなら、逃げ出したい。

しかし彼女のプライドが、それを許さなかった。

ロシェルは歯を食いしばりながら、同僚に質問をする。

「レイブン様の行方は……まだわからないのですか？」

「……まだ、見つかっていません……」

「レイブン様……」

一時、絶大な力を手に入れたレイブンだったが、セルビアとの戦闘に敗れた後、行方不明となっている。

戦死したのではないか、と言われているが、ロシェルはセルビアの性格を知っている。

元婚約者の命を平気で奪うような人間ではないことを。

それ故に、レイブンは逃げ出したのだと考えて、今も捜索を続けていた。

彼女は知らない。

レイブンが手に入れた力が何なのか。その力はすでに、セルビアによって剥奪された後だということを。

レイブンが戻ってくれれば、この状況も変わるかもしれない。

すでに壊れている希望を抱き、ロシェルは歩き出す。

「レイブン様を捜しましょう。それしか、私たちにできることはありません」

「そ、そうですね！　レイブン様の力なら！」

同僚も、口にした。

この状況をひっくり返す方法が一つだけある。

それは、追い出してしまったセルビアを、なんとか呼び戻すことだ。

彼女とて、生まれ育った国が窮地に陥っているのに、何も思わないはずがない。

助けてほしいと頼み込めば、彼女の性格上、助けてくれるかもしれない。

ロシェルは理解していた。だが、絶対に選ばない。

彼女に助けを求めることは、そのまま自身の敗北を意味する。これまでの選択が、すべて間違っていたことを認めてしまう。

最後の最後まで、プライドが邪魔をしていた。


この日から一週間後。

セントレイク王国は、ウエスタン王国と同盟を結ぶことになる。

一方的にウエスタン王国が得をする条件での同盟成立。

そう、同盟とは名ばかりの、侵略である。

◇◇◇

ノーストリア王国中枢では、臨時の会議が開かれていた。

会議に参加しているのは六名。ノーストリア国王と、第一王子であるリクル君。そして宮廷で働く私たちだった。

会議の内容は、あまりよいものではなかった。

リクル君が改めて説明する。

「さっき報告した通り、ウエスタン王国とセントレイク王国が、同盟を結んだということがわかった」

私たちの手元には、二つの大国が同盟を結んだことについての報告書がある。

つい先日のことだった。

私たちがそれを知ったのは、昨日の正午。同盟成立から一日が経過した後の話だった。

資料を見ながら、アトラスさんが呟《つぶや》く。

「同盟って……この内容はほぼ取り込まれただけですよね」

「そう思うか？」

「そうとしか見えませんよ。そもそも、今のセントレイク王国と同盟を結ぶメリットが、ウエスタン王国にはありませんし」

「そうだな」

リクル君とアトラスさんは淡々と話を進める。

私はそれを横で聞きながら、同じことを考えていた。

そう、メリットがない。

セントレイク王国が大国と呼ばれたのは、すでに過去の話だ。

私が離脱したことで、私が管理していた子たちはみんな、ノーストリアまで追いかけてきてくれた。

スカールという謎の人物に力を与えられたレイブン様も、私が召喚した悪魔によって力を剥奪され、ただの人間に戻っている。

その後どうなったかは知らないけど、今のセントレイク王国に、ウエスタン王国と対等なものは何もない。

唯一あるとすれば、人口と土地だけだろう。

アトラスさんが言う。

「土地がほしいなら奪えばいい。ウエスタン国王はそういうお人です。一緒にいるあの女……ビーストマスターのイルミナも、侵略や戦争に否定的じゃない。やるべきなら躊躇《ためら》わない。この間の事件もそうですね」

「ウチらの国に魔王を召喚するような人っすもんね」

「実に恐ろしいな。僕たちにセルビアさんがいなければ、今頃大惨事になっていただろう」

ルイボスさんはメガネに触れながら、冷や汗を流している。

私がいたから解決した、と言ってくれるけど、実際は私がいなければ、そもそも彼女は侵略に来なかっただろうけど。

レイブン様のこともそうだ。私の存在が……争いを招いている。

そこは理解して、受け止めなければならない。

私たちは強大な力を持っている。その力は抑止力になると同時に、争いを呼ぶ火種にもなりかねないということを。

「セルビア、君はどう思う？」

リクル君が、私に意見を求めてきた。

私は少し考えてから、ゆっくりとした口調で話し始める。

「セントレイク王国には、まだ宮廷調教師も残っているし、半分はこっちに来たけど、もう半分の生き物たちも残っている。戦ったら勝てるけど、被害は大きくなるから、それを避けたんじゃないかな？」

「戦わずに、セントレイクの財産を無傷で手に入れるために、同盟を選択したってことか？」

「そうじゃないかなって思う」

「確かに、現にウエスタン王国は手に入れてますしね。噂《うわさ》じゃ、同盟前にウエスタン側が宣戦布告したみたいじゃないですか。それにビビッて、セントレイク王国が同盟を呑《の》んだ可能性はありますよ」

私の意見に、アトラスさんが情報をつけ足してくれた。

リクル君を含むみんなが頷きながら聞いてくれている。

私には国や政治の難しいことはわからない。ただハッキリしているのは、戦争になれば負けるのはセントレイク王国だったということ。

そして二つの国が同盟を結んだこと。

「あまりいい流れではないな」

「父上」

「これでウエスタン王国は、事実上セントレイク王国を手中に収めたことになる。ビーストマスターに加え、セントレイクが保有していた土地、人、生物を手に入れたとなれば……」

「そうですね。ウエスタン王国は、世界最大の国家になった……と言えます」

私が所属していた頃のセントレイク王国、イルミナが所属するウエスタン王国。そして旅する傭兵《ようへい》、ビーストマスターのレグルス・バーミリオンが現在所属しているソーズ王国。

この三大国家を中心に、国家同士のパワーバランスが保たれていた。

それが今、大きく崩壊し始めようとしていた。

アトラスさんがリクル君に言う。

「リクル殿下。ウエスタン王国一強になるのは、よくないんじゃないですか?」

「わかっている。だからこうして集まって、対策を考えているんだ」

「対策と言ってもねぇ……戦力を補強しようにも、今すぐは無理ですよ。俺みたいに寝返ってくる奴《やつ》が大量にいない限り」

「だが、放置もできないだろう？」

「そうですね。あの国王とイルミナの性格上、力を手に入れたらすぐにでも、この国を侵略しに来ると思いますよ」

アトラスさん曰《いわ》く、イルミナというビーストマスターは好戦的で、プライドが非常に高い人物だという。

一度の敗北が、彼女の中で大きな苛立ちとなり、リベンジに燃えているだろうと彼は言っていた。

ビーストマスターを有する国同士の戦争は、それ以外の要素がどれだけ勝っているかで決まる。

もしも、ウエスタン王国が正面から私たちの国に戦争をしかけてきたら……。

「リクル君」

「ああ」

彼もわかっている。ノーストリア王国に勝ち目はない。

「例えばっすけど、こっちから同盟をお願いするとかどうっすか？」

「リリン、それではセントレイク王国と同じことだ」

「でも、戦ったら負けるんすよね？　戦争になるくらいなら……」

「……」

リリンちゃんの気持ちもわかる。だからルイボスさんも、それ以上は何も言わず、苦い表情を浮かべた。

戦いを回避する方法はいくつかある。

ただしどれも、ウエスタン王国にとって有利な条件ばかりだった。

こうなってしまったのも全て……。

「私が……」

「違うぞ」

「リクル君……」

「セルビアのせいじゃない。そもそもお前を追い出したのは、セントレイク王国だ。セントレイク王国が今の状況になったのは奴らが悪い」

リクル君は続けて、私の顔をまっすぐに見ながら言う。

「お前をこの国に誘ったのも俺だ。悪いなら、俺が悪い」

「リクル君のせいじゃっ!」

「そう思ってくれるなら、お前も自分が悪いなんて思わないでくれ。それより、一緒にどうするべきかを考えよう」

「……うん」

リクル君は優しいからそう言ってくれるけど、私はどうしても考えてしまう。

もしも私が今も、セントレイク王国に残っていたら……どうなっていたのだろうか。

そんな可能性はありえないのに。

セントレイク王国に、あまりいい思い出はない。それでも、私が生まれ育った国だから。

責任を感じてしまうのは、自然なことかもしれない。

「戦争を回避する。そのために一番有効なのは、対となる戦力があることだ。今、国家同士のパワーバランスは崩壊しつつある。この状況は俺たちの国だけじゃない。なら、動きだす国もあるはずだ」

「ウエスタン王国を危険視する国と、こっちも協力するってことっすか」

「現実的ですね。その中でも一番動向が気になるのは……」

ルイボスさんがメガネをくいっとさせて、続けて言う。

「ソーズ王国」

「三人目のビーストマスター……」

私はぼそりと呟いた。

世界に存在するビーストマスター最後の一人。彼が所属するソーズ王国も、この状況を黙って見ているとは思えない。

もっとも理想的な展開は――

◇◇◇

「寒いな。さすが最北端の国」

「炎の妖精を出すよ。少しは暖かくなるから」

「ありがとう、助かるよ」

「【サモン】――ラヴィ」

召喚されたのは、人間の頭くらいの大きさの精霊。炎を纏《まと》った小さなキツネの見た目をしている。

この子は炎の精霊の中でも温厚で、戦闘能力は低いけど、一緒にいるだけで身体《からだ》を温めてくれる。

寒い地域で活動するなら、この子の存在はかかせない。

私とリクル君を乗せた馬車が、積雪をかき分けてゆっくりと進んでいく。

「もうすぐ到着だ。思ったよりは早く着きそうだな」

「そうだな。吹雪《ふぶ》いてなくてよかったよ」

私たちは今、最北端の積雪地域に来ている。右も左も真っ白な雪化粧。空は晴れているのに、ほんのり雪がちらついている。

どうしてこんな場所に来ているかというと、招かれたからだ。

「ソーズ王国のほうから招待してくれるとはな。意外だった」

「うん。タイミングはよかったね」

「そうだな」

ソーズ王国から招待状が届いたのは、臨時の会議を開いた翌日のことだった。

ウエスタン王国に対抗するため、他国と連携を強めなくてはならない。特にもう一人のビーストマスターがいるソーズ王国の動向を探りたい。

なんて話をしていた翌日のことだったから、私たちは急いで準備をした。

私が行ったことのある場所なら、悪魔の力を使って瞬間移動できたのだけど、生憎《あいにく》北側諸国とは縁がなかった。

積雪地域でも進める馬車を借りて一週間と少し、私たちはようやく、ソーズ王国の王都までたどり着こうとしていた。

「向こうは大丈夫かな……」

「国のことか？」

「うん。私たちがいない間に何かあったら……」

「大丈夫だ。アトラスたちも残してきたし、何かあれば、すぐ俺たちに連絡がくる仕組みも整えてある」

「そうだね」

もしも何かあれば、すぐに悪魔の力で転移できる。

そうわかっていても、不安になってしまう。祭りの時のように、ベルゼブブのような強力な悪魔を召喚されたら、間に合わないかもしれない。

「この行程で、俺も会話や練習をしてポゼッションがだいぶ使えるようになってきたが、なるべく早く終わらせて戻ろう」

「うん！」

リクル君も心配なのだろう。

私を慰めながら、横顔は少し焦りが見えた。

それにしても……。

「本当に寒い場所だね」

ラヴィの力で体温を保っていても、末端は痛みが出るほど寒さに震えていた。

手足が痛くて、吐く息は一瞬で白くなる。

どうやら私は、寒さがとても苦手らしいことも知った。

「見えてきたぞ」

曇った馬車の窓を拭いて外を見る。

進行方向に巨大な鋼鉄の門が見えた。街全体を、高い壁で覆っているらしい。

聞いていた通り、まるで要塞だ。

「ここがソーズ王国の王都……」

「真っ白な土地に鋼鉄の都市か。慣れないと違和感しかないな」

「そうだね。近くで見ると余計に大きく見えるよ」

私たちは門の前までたどり着き、警備していた門番に話しかけ、無事に中へ入れてもらうことができた。

「ここからは私が先導します」

「よろしく頼む」

馬車の御者が一旦降りて、門番の騎士さんと交替した。門番の方が馬車を操り、王城の敷地内まで案内してくれるそうだ。

私たちは馬車に揺られ、すぐに気づく。

「寒さが和らいだ気がしないか？」

「うん。私も思った」

「見てみろ。雪が積もってないぞ」

「本当だ」

街の中を観察すると、リクル君の言う通り、雪が積もっていなかった。

今も弱いけど雪は降っている。けれど街の外のように白い絨毯《じゅうたん》で覆われていない。建物の屋根に少し積もっている程度だ。

そして何より、暖かさを感じる。

理由はおそらく、街のいたる場所で見られる装置だろう。

「あれが熱を出しているのか？」

「そうですよ。あれは我が国で開発された暖房です。地下に巨大な焼却炉があって、その熱をパイプを通して、街の各地に送っています」

私たちの会話が聞こえていた騎士の方が、簡単に説明してくれた。

街には鉄製の大きなパイプが敷かれている。その出口が建物の間に設置され、温かい風が街へ吹いている。

温風のおかげで、街には雪が積もらない。

出口に柵が設けてあるのは、熱で火傷《やけど》しないための対策だろう。

「考えられているんだな。すごい技術だ」

「ありがとうございます」

「寒い環境だからこその工夫ですね」

「ええ。この仕組みのおかげで、外がいかに極寒でも、街の中は人が過ごす分には快適な環境を保っていられます。もっともこの仕組みが完成したのは、三年ほど前のことですが」

「三年？　随分と最近なんだな」

リクル君と一緒に、私も驚き、改めて街に配置されたパイプを見た。

極寒の国を支える生命線のような仕組みだ。てっきり何十年も前から、この国を支えている技術とばかり思っていたけど。

「三年前に誰かが開発したのか？」

「はい。我が国の王子と、ビーストマスター様のお力です」

「ビーストマスター……そうか。三年前は確か……」

「ソーズ王国に、ビーストマスターが所属したのがその頃だったよね」

私もその辺りのことは知っている。

自分と同じ立場の人間が、どこで何をしているのかは気になってしまうだろう。

三年前、傭兵をしていたレグルス・バーミリオンがソーズ王国を訪れ、そのまま雇われたことで話題になった。

彼が一つの国に所属したのは、短期滞在を除けば初めてのことだったから。

「じゃあこれも、召喚術か何かの応用なんですか？」

「その辺りは詳しくありませんので何とも。もしもご興味があれば、本人に直接聞いて頂けると」

「ありがとうございます。そうします」

この国に、私やイルミナとは別のビーストマスターがいる。

一体どんな人物なのだろうか。

「会えるのが楽しみだね」

「そうだな。俺はどちらかというと、王子のほうに会ってみたい」

「同じ王子だもんね」

「それもあるが、思い出したんだ」

「何を？」

「ソーズ王国の王子が……規格外の天才と呼ばれていることをな」

規格外の天才?

リクル君はワクワクした表情で、馬車の行く先を見つめていた。

それぞれ、同じ立場の人間と会えることを楽しみに思いながら、馬車に揺られること十数分が経過する。

馬車が停まり、騎士の方が降りて誘導してくれる。

「どうぞこちらへ。陛下がお待ちです」

「ああ」

聳《そび》え立つのは鋼鉄の城。

外壁と同じ素材だろうか。自分たちの顔が映るくらいピカピカの壁は、熱にも寒さにも強そうだ。

材質が鉄だからか、あまりお城っぽさは感じられない。

セントレイクの王城とも、ノーストリアの王城とも違う異質な雰囲気を醸し出している。

独特な造りのお城を見ていると、なんだか少し……。

「ぶった斬って見たくなるよな？」

「斬りたくないですね」

「そうか？　オレは真っ先に思ったけどな」

「物騒ですね……え？」

会話しているのがリクル君ではないことに、遅れて気づいた私は振り返る。

そこに立っていたのは筋骨隆々の大男だった。

一目見た感想は、まさに。


大きい！


「お前さんが、セルビアか？」

「だ、誰ですか？」

「オレはレグルスだ。お前さんと同じ、ビーストマスターだよ」

「――――！」

この人が……ソーズ王国のビーストマスター。

流浪《るろう》の傭兵、レグルス・バーミリオン。

声をかけられるまでまったく気がつかなかった。

視界に入れたら二度と忘れないだろうと思える存在感があるのに。

大きな岩と、対面しているような気分だ。私はごくりと息を呑む。

「あまり彼女を驚かせないでもらおうか？」

「リクル君！」

私とレグルスの間に、リクル君が割って入る。

「おっ、悪いな。同業者に会うなんて初めてだからよ？　つい興奮しちまったんだ。そういうあんたはリクル・イシュワルタ王子か」

「その通りだ。会えて光栄だよ。レグルス・バーミリオン」

「こっちこそな。あんた……いい目をしているな」

レグルスがリクル君の瞳をじっと見つめている。

「うん、かなりいいぞ。何度か死線を越えてる。オレを前にして大抵の奴はビビるんだが、あんたは一ミリもビビッてねぇ。どころか、もしオレが敵なら戦う意思すらあるな」

「敵なら……な」

「リクル君？」

空気がピリつく。

案内してくれていた騎士も、レグルスを前にして少し怯《おび》えているように見えた。

「いいな、本当にいいぞ。正直セルビア以外に興味なかったんだが、あんたにも興味が湧いてきたぜ」

「興味？」

「ああ、一度手合わせしてもらいたいぜ」

「――――！」

レグルスが発したのは、鋭い殺気だった。

一瞬で空気が凍りつき、リクル君も腰の剣に触れる。まさに一触即発の空気だが、わずか数秒で崩れた。

「冗談だよ。本気にすんなって」

「……」

レグルスは砕けた笑みを見せた。そこに殺気も敵意もなく、元気なおじさんの雰囲気になって、気が抜ける。

「ちょっと試しただけだ。敵でもねーのに喧嘩《けんか》する気はねーよ」

「……心臓に悪いな」

「ははっ、スリルがあっていいだろ？」

「勘弁してほしいよ」

リクル君も緊張がほぐれた様子で、あきれた笑顔を見せて剣から手を離した。

私もホッとする。

よもやここで戦いが始まるんじゃないか、と思わされたから。

「二人とも歓迎するぜ！　ようこそ、オレの国へ」

「まるで国王の言葉だな」

「そのつもりはねーよ。だがオレの国はオレの国だからな。おい、そこの騎士、あとはオレに任せてくれ」

「あ、はい！　よろしいのですか？」

「おう。ビビらせちまった詫《わ》びだ。こっからはオレが案内する。どうせオレも呼び出されているしな」

レグルスは騎士の背中を豪快に叩《たた》き、ようやく気が抜けたのか、騎士は大きなため息をこぼし、レグルスや私たちに挨拶をして去っていく。

「よし、こっちだ。ついてきな」

「ああ」

「よろしくお願いします」

私とリクル君はレグルスの後に続き、鋼鉄の城の中へと入っていく。

中はとても快適だった。外は暖房器具が優れていても、やはり寒さを感じるのに対し、室内はまったく寒さを感じない。

外では雪が降っている、なんて思えないほどだ。

壁や天井が鉄で出来ている影響か、足音がよく響く。

「そういやあんた、ウエスタンの女狐《めぎつね》と戦ったんだろ？」

「め、女狐!?」

イルミナのことを言っているのだろうか。

なんと恐れ多い……同じ立場の人間だとしても、彼女のことをそんな風に呼ぶ人間は初めてだった。

隣でリクル君も驚き、彼に尋ねる。

「面識があるのか？」

「ああ、随分と前だな。うちに来ないかって勧誘されたよ」

「断ったのか」

「そりゃそうだろ？　オレはどこの国にも所属する気はなかったからな。自由気ままに生きる。それがオレの生き方だ」

「なら……どうしてこの国はよかったんですか？」

私はふと浮かんだ疑問を、気づけばそのまま口に出していた。

流浪の傭兵と呼ばれた彼が、唯一所属することを選んだソーズ王国。

ウエスタン王国の誘いを蹴ったのに、この国に滞在しているのはどういう理由なのだろう。

私の質問に、彼は笑みを浮かべて応える。

「オレも最初はその気はなかったんだけどな？　口説《くど》き落とされちまったんだよ」

「口説き……誰にですか？」

「この国の王子、カルマ・ソユーズ」

リクル君が言っていた規格外の天才と呼ばれている王子様の名前だ。

リクル君が尋ねる。

「カルマ王子に勧誘されてこの国に留まったのか」

「そうだぜ。あいつは面白いやつでな？　あんたらも会ったら驚かされるだろうよ」

「それは楽しみだな。けど、そんなにハードルを上げて大丈夫か？」

「心配いらねーよ。どうせあいつは、オレらの想像を簡単に超えてくる」

そう言ってレグルスはニヤリと笑みを浮かべた。

表情と言葉から伝わってくる真っすぐな信頼。かつてどの国にも属さなかった彼が認める人間が、どんな人なのか早く見たいと思った。

そんな時だった。

まるで運命に導かれるように、一つの足音が響き、近づいてくる。

「おっ、噂をすれば！　カルマ！　お客さんだぜ」

カルマ王子のことを呼び捨てにして声をかけるレグルス。彼の声に反応して、足音が速く近づいてくる。

姿を見せたのは、青い髪が印象的な好青年だった。

「ノーストリアからの客人だね」

「おう。男のほうが王子だ」

「初めまして、カルマ王子。私はリクル・イシュワルタです」

「うん。父から聞いているよ。遠路はるばるよく来てくれた」

カルマ王子のほうから握手を求める。

思っていたより普通な人だった。期待していた分、少し拍子抜けしてしまう。

「隣の方は、もしかして」

「我が国のビーストマスター、セルビアです」

「ビーストマスター……君が」

カルマ王子と目が合う。

その瞳は空のように澄んでいて、見ていると吸い込まれてしまいそうになる。

心の中まで見透かされているような不思議な感覚だ。

「初めまして！　カルマ王子、お会いできて光栄……で？」

「美しい」

「へ？」

突然、王子は私の手を握り、透き通るような瞳を近づけてきた。

そして、誰もが予想しなかった言葉を口にする。

「君に一目ぼれした。ボクの妻になってくれないか？」

「なっ……」

「は、……はい？」

「はっはっはっ！　だから言ったろ？　驚かされるってな」

豪快に笑うレグルス。

確かに驚かされたけど、予想の斜め上だった。

誰が思うだろう。まさか……出会って数秒で、求婚されるなんて。

第二章

ソーズ王国第一王子、カルマ・ソユーズ殿下。

極寒の地であるソーズ王国王都を、現在の暖かな環境へと導いた立役者にして、当代きっての大天才と称される人物。

ソーズ王国はノーストリア王国に次いで歴史が長い。

その長い歴史の中でも、カルマ王子は最高の天才と呼ばれ、国民からも厚い支持を獲得しているそうだ。

その噂《うわさ》は、近隣諸国にも轟《とどろ》き、ソーズ王国がここまで大きな国に成長したのは、間違いなく彼の存在が大きかった。

そんなすごい功績を残し、他からも認められる人物から……。

「……あ、あの……」

「セルビア、君にボクの妻になってほしいんだ」

突然、求婚されてしまった。

私は開いた口が塞がらない。その少し後ろでは、レグルスが大きな声で笑っていた。

「どうだろう？　ぜひ真剣に考えてほしいのだけど」

「あ、えっと……」

そんなこと急に言われても困る。というか、出会って数秒で求婚なんて理解ができない。

私たちは今、この瞬間に出会ったばかりで、お互いのことを何も知らない。

それなのにどうして……そんなにもまっすぐに、淀《よど》みのない瞳で、私のことを見つめることができるのだろう。

不思議な雰囲気の瞳は、本当に私の隅々まで見透かされているような気がする。

ほんの少しだけど、不気味だった。

「すまないが、離れてもらえないだろうか？」

「ん？」

「リクル君」

困惑している私を助けるように、リクル君がカルマ王子の手を振り払った。

少し強引な対応だった。失礼にもあたるかもしれない。ただ、リクル君はいつになく苛《いら》立《だ》っているように見えた。

「彼女は俺の国の人間で、大切な部下なんだ。勝手に引き抜こうとしないでもらいたい」

「おっと、そんな意図はないよ？　妻になってくれさえすれば、所属なんてどうでもいい。結婚後もノーストリア王国で働くことを止める気はない」

「そういう問題ではない。彼女はビーストマスター……そしてあなたは、王子だろう？」

「そうだね。ボクはこの国の王子だよ」

「ならわかるはずだ。国を代表する者同士、軽々《けいけい》に結婚などできないことは」

「まぁそうだね。そういう立場にあることは理解しているよ。でも……そんな考え方じゃ、本当に欲しい物は手に入らないよ」

カルマ王子はニヤリと笑みを浮かべる。

リクル君は少し不機嫌そうに眉をピクっと動かし、彼に尋ねる。

「どういう意味だ？」

「我慢はよくないって話さ。立場や関係性に固執しすぎるのはよくないことだとボクは思うんだよ」

「それは王子としての意見か？」

「そうだね。ボクとしての見解だから、王子としての考えだと思ってくれて構わないよ」

「……」

雰囲気が最悪だ。

こんなにも苛立っているリクル君は珍しい。

いつも冷静で、大らかで、誰に対しても優しく接するリクル君らしくなかった。

それだけ私がカルマ王子と結婚することを嫌がっている？

ビーストマスターを失うことは、国にとって王を失うことに等しい。引き留めるのは当然なのだけど……。

なぜだろうか？

リクル君の横顔には、一国の王子らしくないものを感じる。

「面白くなってきやがったな」

「え、面白くはありませんよ」

レグルスは能天気に見物している。

介入する気は全くない様子で、一人の見物人として見守っていた。

私もできれば止めたいけど、何を言って止めればいいのかわからず、ただ見守ることしかできない。

「そうカリカリしないでくれ。別に、君に喧嘩《けんか》をふっかけているわけじゃないんだ」

「彼女を目の前で引き抜こうとしたんだ。似たようなものだろう？」

「だから言ったじゃないか。ボクはビーストマスターがほしいわけじゃない。ただ、彼女を妻に迎えたいだけだよ。こっちの人間になる必要はない。彼女の権利や保有権は、これまで通りノーストリア王国が持てばいい」

「そういう問題じゃないと言っているだろう？」

「そういう問題だろう？　君が気にしているのは、ビーストマスターを失うことじゃないのかな？　それとも……個人的な感情だったりして」

「……」

カルマ王子が揺さぶるように問いかける。

リクル君の表情が変化し、一瞬だけど視線を逸《そ》らした気がした。それを見たカルマ王子は笑みを見せる。

「君は本心を隠すことに慣れ過ぎているみたいだね」

「……何の話だ？」

「別にいいよ？　他人の事情に首を突っ込む気はないし、興味もないからね？　ボクが興味を持ったのは君じゃなくて、彼女だから」

カルマ王子が私に視線を向け、微笑《ほほえ》みかけてきた。

反応に困る。

「それは、彼女がビーストマスターだからか？」

「それも一つだろうね？　けど、立場や力は、その人物を構成する要素の一つでしかないよ。ボクはただ、彼女がほしいと直感的に思っただけさ」

「直感……？」

「言っただろう？　一目ぼれしたんだ。ボクにはわかるんだよ。彼女はとても素晴らしい人間だ。ビーストマスターだからじゃない。彼女自身に魅力がある」

私自身の……魅力？

たかが出会って数分なのに、彼には一体何が見えているのだろうか。

口調や態度からテキトーではなく、何か確信をもって発言しているように感じる。

「君はそう思わないのかい？」

「今さらだな。彼女の魅力なら、あなたよりもずっと前から知っているよ」

「ふっ、そうだろうね」

「え？」

今、リクル君は私のことを……？

視線が合う。ふと、彼は優しく私に笑いかけてくれた。

今まで何度も見せてくれた笑顔なのに、今は特に胸が熱くなる。どうしてこんな風に胸が熱くなるのだろう。

私は自分の鼓動を確かめるように、胸に手を当てた。

「さて、いい加減行かないと怒られてしまいそうだし、話はまた挨拶を済ませてからにしようじゃないか」

「え、あ、はい。よろしくお願いします？」

流れるように承諾してしまった私に、リクル君は少し呆《あき》れた顔で言う。

「まぁいい。そういう話をしに来たわけじゃないからな」

「君たちはそうだろうね」

「……王の元へ案内してもらえるか？」

「もちろん。ボクも呼ばれているんだ。一緒に行こう」

カルマ王子を先頭に、私たちは再び歩き始める。

会話はなく、足音がより響き、少し気まずい空気が流れる。

「怒っていないといいなぁ。待たせ過ぎると不機嫌になってしまうから、少し早歩きで行こうか」

「わかった」

当の本人たちは、あまり気にしていない様子だった。

ずっと呆気《あっけ》にとられっぱなしで、私はすでに疲れ気味だ。

ここからソーズ王国の王様と謁見して、今後についての大事な話をしないといけないと思うと、少し憂鬱になる。

ただ、私たちにとっても大事な時間だ。

勢力を拡大させたウエスタン王国を牽制《けんせい》するためにも、ここでソーズ王国と友好な関係を築けるかどうか……。

王城で待っているみんなによい報告をするためにも、私もシャキっとしよう。

いろいろあって混乱しているけど、今は考えない。

考えるべきは、私たちのやるべきことだけだ。

そうして決意を新たに、私たちはたどり着いた。

外観や造りは違っても、この部屋があることは変わらないらしい。

王座が用意された部屋……王座の間。

国をまとめるトップだけが座ることを許された椅子に、一人の女性が座っていた。

「ようこそいらっしゃいました。ノーストリアの王子、リクル・イシュワルタさん。そしてビーストマスター、セルビアさん。お会いできて光栄よ」

王座の女性は、私たちの名前を口にした。

第一印象は、とても綺麗《きれい》な女性。カルマ王子よりも薄い青の髪と、透き通るようなエメラルドグリーンの瞳が印象的だ。

今さらながら、女性だったことにも驚かされる。

ソーズ王国の王様は女性だったのか。

リクル君はさすがに知っていただろうし、隣に視線を向けても驚いている様子はない。

彼は淡々と挨拶を返す。

「こちらこそ、お会いできて光栄です。ソーズ王国の女王陛下」

「そう堅くならないでちょうだい。もうわかっていると思うけど、ここへ招いたのは仲良くしたいと思っているからよ」

「それは……国同士で、という意味で合っていますか？」

「ええ、もちろん」

女王陛下はニコリと微笑む。

カルマ王子と似た雰囲気のある彼女は、しゃべり方も穏やかで、美しい声を聞いていると、自然と心が安らぐ。

部屋に入るまでは緊張していたのに、彼女の声を聞いていると、次第に緊張がほぐれてくるように感じた。

そういう雰囲気を持つ人間はいる。

話すだけで、相手の信用を獲得してしまうような……。

「招待に応じてくれたということは、ノーストリア王国も、その気があるということでいいかしら？」

「はい。我々も、貴国とは友好な関係を築きたいと思っています」

「嬉《うれ》しいわ。それなら話が早く進みそうね」

そう言いながら、彼女は王座から立ち上がった。

「場所を移しましょう。ここは広すぎて、お互いの顔も見えにくいし、話し合いをするには不向きだわ」

「会議室なら準備出来ていますよ？　母様」

「ありがとう、カルマ。皆さんも、よろしければお茶でも飲みながら、ゆっくりお話をしましょう」

「ご厚意に感謝いたします」

こうして二人の案内で、私たちは場所を移した。

案内されたのは大きく長いテーブルと、複数の椅子が用意された会議室だった。

広い部屋だけど、さっきまでいた王座の間に比べたら小さくて、お互いの顔もよく見える距離になる。

正直有難かった。

あの場所はいるだけで緊張を誘うし、普段通りに振る舞うことが難しい。

私たちが席につくと、使用人が飲み物を用意してくれた。

白いカップに入っているのは赤めな飲み物。香りを感じた限り、ハーブティーのようだった。

リクル君が香りを嗅いで女王陛下に言う。

「珍しい香りですね」

「ええ。この国で取れるハーブを使った紅茶よ。身体《からだ》を温めて、気持ちを落ち着かせる効果があるわ」

「頭や気持ちを整理する時にもピッタリなんだ。ボクも難しいことを考える時は、いつもこのハーブティーを飲んでいる」

「長旅の疲れもあるでしょう。まずは心と身体を癒してください」

「ありがとうございます。いただきます」

リクル君が先にハーブティーを飲む。

それを見てから私も、いただきますと口にしてから一口飲んだ。

あまり味わったことのない味がする。少し甘くて、後味はとてもスッキリしていて飲みやすい。

それに飲んでからすぐに、身体がポカポカと温かくなってきた。

確かに落ち着く。緊張や長旅からこわばっていた筋肉が、ゆっくり休み始める感覚があった。

このリラックス効果はいい。目を瞑《つぶ》れば、そのまま眠ってしまいそうになる。

「どうかしら？」

「とても美味《おい》しいです。それに落ち着きます」

「そう。喜んでくれてよかったわ。もしよければ、茶葉を差し上げましょう。ノーストリアで待つ方々にも味わってもらえれば」

「ありがとうございます」

ずっとピリピリしていたリクル君の表情も、次第に落ち着き、普段通りに戻ってきたように見える。

ハーブティーの効果と、女王陛下の声を聞き続けているからだろう。

お互いに落ち着いたところで、女王陛下のほうから口を開く。

「もうお気づきかと思うけれど、改めて確認させてもらうわね？　ノーストリア王国も、私たちと同じ考えなのかしら？」

「というと？」

「ウエスタン王国のことよ。このままはよくないと思っているわ」

「そうですね。我々も同じです」

ハーブティーのカップを置いて、一瞬にして真剣な表情でリクル君が話し始める。

「現状、ウエスタン王国に対抗できるのは、同じビーストマスターを保有する国だけです」

「ええ。でも、足りないのよね」

「はい。ウエスタン王国はセントレイク王国と同盟を結びました。それにより間違いなく、ウエスタン王国は世界最大国家になったと言えます」

「あれには驚いたわ。一番驚いたのは、セントレイク王国のビーストマスターが突然いなくなって、ノーストリア王国に入ったことね」

そう言いながら、女王陛下は私に視線を向ける。

私はビクッと反応した。当然そう思うだろう。事情を知らない他国の人間からすれば、なぜそんなことが起こったのかと疑問に感じるはずだ。

リクル君が続ける。

「それにはいろいろと、複雑な事情がありますので」

「わかっています。気になりはするけど、私は無理に教えてもらいたいとは思わないわ」

「……ありがとうございます」

一瞬、リクル君がカルマ王子のほうを見た。

私は、という部分が引っかかったのだろう。私も同じことを思った。女王陛下はそうでも、カルマ王子はどうなのかと。

「ボクはもちろん気になるから、教えてもらえると嬉しいな」

「それは後にしてください」

「もちろん、後でゆっくり話そうじゃないか」

「あら、もう仲良くなったのかしら？」

「はい。運命を感じました」

「ふふっ、それはいいことね」

カルマ王子は私に求婚したことを話さなかった。

遠回しな言い方に留《とど》めている。

てっきり堂々と、女王陛下にも伝えるものだと思っていたから、少し意外だった。

リクル君も同じように思ったのだろうか。ちょっとだけ安堵《あんど》したように見える。

「リクル王子、私たちは互いに歩み寄る意思がある。あとは……」

「はい。具体的にどうするべきか、ですね」

女王陛下は微笑みながら軽く頷《うなず》いて肯定した。

考え方が一緒だから仲よくしよう。人と人との関わりなら、それだけで友人になれたかもしれない。

しかし私たちは王国の代表としてこの場にいる。

国の未来、人々の意思を尊重し、決める立場にある。考え方が同じでも、波長が合おうとも、軽々に判断はできない。

考えるべきは、同盟を結ぶための条件だ。

「私たちが同盟に際して提示できるのは、技術の提供よ。この国で使われている技術や道具は、必要なら共有できるわ」

「――――！　よろしいのですか？」

リクル君はひどく驚いていた。

国の技術はそのまま、国を支える力に直結する。

独自の技術や道具を提供することは、国力の一部を分けるようなものだ。自分たちの強みを晒《さら》してしまえば、弱さに転じることだってある。

私たちにとっては嬉しい提案だけど、リクル君が驚くのもわかる。

女王陛下は表情を変えず、淡々と返す。

「ええ、知られて困るような技術は、私の国にはありません。ねぇ、カルマ」

「はい。技術は技術、道具は道具でしかない。活用してもらえるなら、生み出した側としても嬉しい限りです。もちろん、正規の方法で……ですけどね」

「そうね。悪いことには使ってほしくないわ。そこだけ守ってもらえるなら、私たちは技術提供を惜しまない」

「もちろん悪用はしないよう徹底します。ただ、そうなるとこちらから提供できるものがありません」

ソーズ王国の技術力は、素人の私から見ても優れている。

極寒の地で人々が快適に暮らしているだけでも驚異的で、私たちが知らないだけで、他にも優れた技術や仕掛けが隠れているかもしれない。

それらの秘密を知ることは、私たちの国の発展に大きく貢献するだろう。

成長の未来が見える素晴らしい提案だ。

だからこそ、それに釣り合うだけのものを探すことは難しい。

リクル君も困っている様子だった。

もしもビーストマスターが不在の国なら、その存在が協力するだけで釣り合ったかもしれないけど……。

「ふぅ、お代わり貰《もら》えるか？」

「かしこまりました」

ソーズ王国にはレグルスというビーストマスターがいる。

さっきからハーブティーを一口で飲み干して、すでに五杯目のお代わりを貰っている。

この人は話し合いに参加する気がなさそうだ。

私は視線を女王陛下とリクル君へと戻す。

「ご存じかと思いますが、我が国は先刻まで、貴国のような大国と肩を並べられるほど大きな力を持っていませんでした。この場に招待いただけたのも、彼女の存在が全てでしょう」

リクル君が私に視線を向ける。

ビーストマスターの存在が、ノーストリア王国を変えた。

そう思って貰えるのは嬉しいし、自分がビーストマスターでよかったと思える。

「私たちも同様です。三年ほど前、彼がこの国にやってきました」

「ん？　ああ、もう三年前か。懐かしいな」

いつの間にか六杯目のお代わりを貰い、一瞬で飲み干したレグルスがようやく会話に参加した。

「あの時は長く居座る気なんてサラサラなかった。寒いしなんもねーし、さっさと次の国にでも行こうかと思ってたくらいだぜ」

「酷《ひど》いことを言うなぁ。何もないことはないじゃないか」

「何もなかったんだよ。寒すぎて植物も育ちにくいし、その影響で動物も限られた種族しか繁殖できない。よくもまぁ、こんな場所に国を作ったなと感心したよ。いや、呆れたってほうが正しいか」

「ますます酷い言われようだね」

「事実だろ？　けど、そんな場所で見つかることもあるんだな？　オレを引き留まらせるほどの興味を引く奴《やつ》が」

「まさに運命の出会い……だったということかな？」

「はっ！　気持ち悪いこと言ってんじゃねーよ」

レグルスとカルマ王子が見つめ合う。

悪態をつきながら、呆れて笑いながらも強く否定はしなかった。

つまりはレグルス自身も感じているのだろう。その出会いが、運命だったのだと。

例えばそう、私とリクル君が偶然再会できたような。

「彼が残ってくれたことは、私たちの国に多くの奇跡を起こしました。カルマと二人で作り上げた今の街の形こそ、新たな暮らしの形です」

「人の技術力は優れている。たとえ特別な力などなくとも、どんな環境にも適応し、暮らせてしまう程の強さだ。ボクはただそれを証明しただけに過ぎない」

「そいつにオレも協力しただけだがな。結構楽しかったぜ？　戦いとは違った面白さがあるな。物作りってのは」

「この国の仕掛けは、カルマ王子とレグルス殿が作ったのですね」

リクル君がそう尋ねると、女王陛下は頷いて肯定した。

カルマ王子は天才と呼ばれている。しかし、彼自身に特別な才能があった、というわけではなかった。

「作ったのはボクじゃない。ボクはただ提案しただけ……実現したのは、この国の職人たちが優れていた証拠だよ」

「オレも関わったつっても、召喚獣を呼び出して補助しただけだからな」

「アイデアを出すにはきっかけがいるんだ。レグルスが召喚する生物の能力、その原理を見ることで、新しい発想に至る。街にある仕掛けも、レグルスの召喚獣からヒントを得て考案したものなんだ」

「召喚獣からあれを……」

私にはない召喚の使い方だった。きっと、レグルスも同じだったのだろう。

カルマ王子が優れているのは発想力と好奇心の強さだ。

興味をそそるものには一直線で、一切の妥協をせず突き進む。普通の人間なら思いつきもしないことを考え、実行に移すこともある。

そうやって生み出された技術や知識が、この国を急激に発展させた。

聞けば聞くほど、彼らの凄《すご》さがわかる。

そして同時にこう思う。

「それだけ優れた技術なら、尚更《なおさら》簡単に教えるべきではないのではありませんか？」

私が思ったことを代弁するように、リクル君がカルマ王子に尋ねた。

カルマ王子は手を振って応える。

「問題はないと言ったはずだよ」

「……」

「そっちが気にすることはない。技術は使ってこそ進化する。この国以外で使うことで、新しい技術の発展がみられるかもしれない。その時は、新しい技術をぜひ共有してくれると嬉しい」

「それはもちろん。ただ、やはり釣り合うものがこちらには……」

「あるじゃないか」

カルマ王子の視線が、私に向けられた。

リクル君の顔が怖くなる。

「まさか……」

「誤解しないでくれ。さっきの発言とは関係ない。あれはボク個人の意思だ」

「……」

「ボクが言っているのは、彼女が持つ戦力のことだよ」

「戦力？」

「彼女は元々、セントレイク王国のビーストマスターだったのだろう？　セントレイクで管理していた生物の半数が、ノーストリアに移ったそうじゃないか」

「――！　よくご存じで」

セントレイクからテイムした生き物が大移動し、ノーストリア王国にやってきた。

その話は他国にはしていない。知っているのも当のセントレイク王国や、スパイを送り込んできたウエスタン王国くらいだろう。

遠く離れたソーズ王国まで、その情報が届いていることに驚かされた。

「あれだけの大移動は中々ないことだからね。知らない国はないんじゃないかな？」

「……なるほど、そうですか。つまりは、テイムした生物を譲ってほしいと？」

「それも違うかな？　君だってわかっているはずだ。テイムした生物の支配権は、テイムした本人にある。だからこそ、彼らは主人を追って国を出た。無理に引きはがしたって、セントレイク王国と同じことになる」

カルマ王子はテイムの仕様についても把握している様子だった。

ビーストマスターであるレグルスが傍《そば》にいるのだから当然か。

彼の言う通り、テイムした生物は常に、テイマーの管理下に置かれている。テイマーが管理権を放棄しない限り、彼らは主人の命令に従う。

同じテイマーであれば従わせることもできるが、テイマーとしての実力差があると、生き物たちは命令を聞いてくれない。

その結果が、セントレイクからノーストリアへの大移動だ。

もしもテイムした生物を求めるなら、主人であるテイマー……つまり私もセットということになるだろう。

「だから必要な時、必要な生き物を貸してほしいんだ。例えばわかりやすいのは有事の際だけど、それ以外でも。彼らが持つ固有の能力は、魔導具や発明品を動かす動力や、発明のヒントになるからね」

「生き物を動力に？」

「あの、それって、働かせるって意味ですか？　それとも……」

虐待的な行為をするのなら、生き物たちの命を預かる者として肯定はできない。

王子同士の会話だから黙っていたけど、さすがに気になって私から質問を投げかけた。

カルマ王子は毅然《きぜん》とした態度で応える。

「もちろんだとも。彼らもボクたちと同じ命あるものだ。命に優劣なんてないことはわかっている。あくまで一緒に働いてもらうだけ。例えば熱を操る能力を持っているなら、その機構を調べさせてもらったり、熱することで効果を発揮する仕掛けに熱を送ってもらったりね」

「この国のあちこちで熱風出しているパイプ見ただろ？　あの仕掛けも、地下で炎を発生させる魔獣の力を借りてるんだぜ」

「そうだったんですね。レグルスさんの子たちですか？」

「いいや、元からここにいた奴らだ。オレは旅をしてたからな。テイムはほとんどしてこなかったんだよ。大所帯になるといろいろ不便だろ？」

「確かにそうですね」

テイマーの欠点を上げるなら、テイムした生物を飼育しないといけないという点だろう。ご飯も必要だし、何より場所がいる。

特に大きな身体の子たちは、快適に暮らせる場所を見つけるだけで一苦労だ。

サモナーは任意で出し入れできるし、ポゼッシャーは憑依《ひょうい》だから、場所をとったりお世話をしたりする必要もない。

その代わり、テイマーは二者よりも数を増やすことができるメリットがある。

たった一人で複数の生物をテイムし、手懐《てなず》けることができれば、一瞬で軍隊を作り出すこともできる。

各国の兵力を支えている根幹は、テイマーの人数とテイムした生き物たちの数や質だったりする。

私が所属していた頃のセントレイク王国は、テイムした動物の数がダントツで多かった
……という話を聞いていた。

それに加えて宮廷調教師も豊富にいて、ビーストマスターの存在もあったのだ。

今はもう、過去の話だけど。

女王陛下が説明する。

「元々厳しい環境でしたので、テイムした動物たちを養う設備に限りがありました。そうでなくても、この極寒の地で生きられる生物にも限度があります」

「もろもろの事情もあって数を増やせなかった。レグルスもテイム数はほぼゼロで、今も大して多くないんだ」

「オレが悪いみたいに言うんじゃねーぞ？　必要なかっただけだ」

「悪いとは言っていない。ただ、聞いてもらった通り、ボクたちの国に不足しているのは、純粋な数なんだよ」

ようやく意図がハッキリと理解できた。

ノーストリア王国は、国の規模だけならさほど大きくはないし、土地や人口は比べるま

でもない。

　ただ、セントレイクから私が管理していた子たちが来てくれたおかげで、テイムした生物の数は大国と遜色ない。

　対して、ソーズ王国は過酷な環境や境遇から、テイム数だけなら小国と変わらないほど規模が小さいようだ。

「これなら十分に釣り合う。そうは思わないかな？　リクル王子」

「……確かにそうですね。全てを譲るわけではなく、共同財産とするなら、我々としても問題はありません」

「ならぜひともお願いしたい！　こっちからは技術を」

「我々からは人手、でいいのでしょうか」

　リクル君が視線と言葉で女王陛下にも確認すると、陛下は頷き言う。

「双方に利益のあるお話かと思います」

「そうですね。同盟の件、正式に進めさせていただきたいです」

「ありがとうございます。では、書類などの作成に時間がかかります。少しお時間を頂けませんか？　その間、お部屋は用意いたしますので、ご自由におくつろぎください」

「感謝いたします」

　こうして、無事に同盟の話は進んだ。

私たちは書類ができるまでの間、ソーズ王国に留まることになった。

用意された部屋に案内され、部屋に入る前にリクル君と話す。

「書類は明日にはできるそうだ。今日はここで休ませてもらおう」

「そうだね」

部屋は二部屋用意してもらった。

横並びになっていて、隣にリクル君の部屋がある。

「食事まで時間がある。少しでも休んでおいた方がいい」

「うん、そうするよ。私もさすがに疲れたから」

長旅だけじゃなく、この国に来てからずっと驚かされてばかりで、身体だけじゃなくて精神的な疲れも感じる。

今夜はよく眠れそうだ。

◇◇◇

翌日。

書類も完成し、無事に同盟は締結された。

ここで為《な》すべきことは達成したので、私たちは帰ろうと身支度をする。

二人で廊下に出たところで、レグルスに声をかけられた。

「なんだ？　もう帰る準備か？」

「はい」

「せっかちだな。もっとゆっくりしてきゃーいいのによぉ」

「そうしたい気持ちはあるが、長居はできない。ウエスタン王国のこともあるし、すぐに戻らないといけないんだ」

王城ではリリンちゃんたちが、私たちの帰りを待っていてくれている。

彼女たちも心配してくれているだろう。

一刻も早く帰り、同盟が上手《うま》く進んだことを伝えたい。私もリクル君も、同じ気持ちだったと思う。

と同時に、この国をもっと見てみたいという興味もあった。

いずれまた機会があれば、今度はのんびり観光をするのも悪くないだろう。

「まぁそうか。帰りも距離あるだろ？　送っていってやろうか？」

「心遣いに感謝するよ。けど不要だ。彼女がいるからな」

「空間転移ができる悪魔と契約しているんです」

「便利なのもってんな！　ってことは、いつでもこっちに来れるってわけか？」

「はい。一度でも行ったことのある場所なら移動可能です」

この力のおかげで、行きは大変だったけど、帰りは一瞬で戻ることができる。悪魔にこの土地を記録させれば、もう雪道をせっせと進む必要もない。

「いいなそれ！　んじゃさ？　オレも一緒につれてってくれよ！」

「え⁉」

「一緒にって、俺たちの国に来る気か？」

「おう、ダメか？」

あっけらかんとした顔でレグルスは尋ねてきた。

リクル君が戸惑いながら答える。

「俺たちは構わないけど、いいのか？　勝手に決めて」

「構やしねーよ。元からオレの自由にしていいって契約してるからな！」

「随分と軽い契約なんだな」

「だから気に入ってるんだよ。どいつもこいつも、オレのことを縛ろうとする奴らばかりだった。けど、カルマと陛下は違ったからな」

レグルスは束縛を嫌っている。

そんな彼を引き留める唯一の方法は、束縛しないことであり、彼自身に選ばせるということだったらしい。

話を聞くほど、国に所属しているというより、気に入ったから居座っているだけ、というほうが正しいように感じた。

　他の国では見られない新しい雇用形態だ。

「それに、どうせすぐ戻れるんならいいだろ。ノーストリアは行ったことなかったし、観光したら帰るぜ」

「まぁそういうことなら……ただ一応、王子や陛下に声はかけたほうが」

「いいって！　ほら、さっさと行こうぜ！　サモン頼んだ！」

　早く行きたい気持ちが抑えられないのか、レグルスは私に召喚を催促してくる。

　本当に大丈夫なのだろうか？

　リクル君も私も、少し心配な気持ちになった。

　そこへ声が響く。

「話は聞かせてもらったぞ！」

「今の声は……」

「タイミングのいい奴だな。相変わらずよぉ」

　颯爽《さっそう》と姿を見せたのはもちろん、カルマ王子だった。

　彼は駆け足で私たちの前にやってきて、私とリクル君に宣言する。

「そういうことなら、ボクも同行しよう！」

「え……」

「っ、カルマ王子も来るつもりですか？」

「そうだ！　ボクもノーストリアには興味がある。特にノーストリアで管理している生き物たちを直接見ておきたい！」

勢い任せの提案かと思ったら、意外にもちゃんとした理由が聞こえてきた。

同盟の条件にも関わることだし、それを言われたらリクル君も断れないだろう。

「それに、まだゆっくり話ができていないしね」

「――――！」

「……はぁ……」

リクル君が大きくため息をこぼした。

あれから求婚の話はされなかったし、一時的なものかと思っていたけど、全然そんなことはなかった様子だ。

リクル君は少し悩んで、難しい顔で言う。

「仕方ない。勝手なことはしない。それを約束してもらえるなら」

「いいとも！」

「オレは観光するだけだからな。好きにやらせてもらうぜ？」

「街の人たちに迷惑をかけないなら問題ない」

「それは当然だ。わかってるから安心してくれ」

「……ならわかった」

リクル君はもう一度大きなため息をこぼし、私に言う。

「すまない、セルビア。この人数でも移動はできるか？」

「う、うん。範囲内に収まればいいだけだから」

「……そうか」

なんとなく、できないと言ってほしかったんじゃないかと思ってしまった。

私ができないと言えば、大人しく引き下がったかもしれないから？

考え過ぎだろうか。

「ではさっそくお願いしよう！」

「頼むぜ！」

「は、はい！」

私は二人に催促されて、召喚術を発動させる。

「【サモン】――バティン」

魔界の公爵バティン。青白い馬にまたがり蛇の尻尾をもった屈強な男性の姿をした悪魔で、瞬間移動の使い手。

効果範囲は視界内、もしくは一度でも訪れたことのある場所。その場所は彼に記録され、いつでも移動が可能となる。

記録方法は召喚すること。

すでにノーストリアの王城でも召喚し、場所は記録させた。そして今、ここソーズ王国の王城の場所も記録される。

「転移します。私の周りに集まってください」

バティンを中心に魔法陣が展開される。

眩《まばゆ》い光に包まれて、視界が真っ白になった直後、私たちはノーストリア王国の中庭に移動していた。

「凄いね、一瞬だ」

「便利な能力の悪魔だよな。オレにも貸してほしいくらいだぜ」

「バティンと契約しますか？　私は構いませんけど」

「いや、オレは他の悪魔と契約してる。そいつと相性が悪そうだからやめとくよ」

「そうですか」

悪魔同士にも相性があり、誰の配下の悪魔か、という事情も絡んでくる。

相性が悪い悪魔を同じサモナーが契約することはできない。悪魔側から弾《はじ》かれてしまう。

それはビーストマスターや、優れた才能を持つサモナーでも変わらない。

相性とか関係性が大事になってくるのは、悪魔同士でも同じらしい。

「俺は一度父上に報告へ行く」

「ならボクも同行しよう。王子として挨拶は必要だ」

「そうしてくれると助かる」

「オレはいいや。さっそく観光させてもらうぜ」

そう言って、レグルスは一人で王城の外へと向かった。本当に自由な人だ。

この人を引き留めることができたカルマ王子は、本当に凄いと思う。

「私は宮廷に行くよ」

「そうしてくれ。リリンたちへの報告は任せていいか？」

「うん」

「じゃあ頼む。俺も後でそっちに行くよ」

こうして私は宮廷へ、リクル君はカルマ王子をつれて、そのまま王城へと向かった。

◇◇◇

「ただいま戻りました」

「あっ！　おかえりなさいっす！」

宮廷に戻ると、一番にリリンちゃんが駆け寄ってきてくれた。

「無事に戻ってこれたんすね！」

「うん。そっちも大丈夫だった？」

「見ての通りっすよ！　通常営業中っす」

「長旅だったね。ご苦労様」

「ルイボスさん」

続けてルイボスさんが声をかけてくれた。

気のせいだろうか？

なんだかいつもより疲れているように見えるけど……。

「その様子だと、同盟は上手くいったようだね」

「はい。ソーズ王国と同盟は結べました」

「やったっすね！　これでウエスタンも簡単に攻めてこれなくなるっすよ！」

「そうなるといいね」

そうなってくれないと困る。

さすがのウエスタンも、私たちを同時に敵に回すつもりはないだろう……と思いたい。

ふと気づく。

「あれ、アトラスさんは？」

「俺はここですよ」

声がした方向に視線を向けると、書類と向き合うアトラスさんがいた。

目の下には隈《くま》ができて、とても眠そうな顔をしている。

「ど、どうしたんですか？」

「……はぁ……」

「いろいろあってね？　君が不在の間に書類仕事が増えてしまったんだ。それで……」

ルイボスさんがチラッとリリンちゃんを見た。

リリンちゃんはビクッと反応して言う。

「ウ、ウチだって頑張ったんすよ！」

「足りないから俺が何倍も頑張る羽目になったんですけどね」

「うっ……悪いとは思ってるっすよ」

そういうことか。

リリンちゃんは書類仕事が苦手だ。普段、難しい事務仕事の大半はアトラスさんやルイボスさんに任せている。

私がいる時は、私も手伝っていた。

これでも私はセントレイク王国で、ほぼ全ての業務を一人で熟《こな》していたから、事務仕事も人並みには熟せる。

タイミングが悪かったのだろう。

「すみません。私がいない時に……」

「セルビア先輩のせいじゃないですよ。まぁこれを機会に、書類仕事もやれるように頑張ってもらいましょう。もう一人の先輩もどきには」

「も、もどきじゃないっすよ！　悪いとは思ってるんすから、それ以上言わないでほしいっす」

珍しくリリンちゃんが落ち込んでいた。

明らかに疲労しているアトラスさんを前にして、普段通り言い返すことはできなかったのだろう。

アトラスさんも文句を言いながら、リリンちゃんの分まで仕事を肩代わりしてくれているあたり……。

「リリンちゃんに優しいですね」

「後輩なんでね。これでも労《いた》わってますから」

「ど、どこがっすか！」

「はぁ……ところで、その後ろにいるおっさんは誰ですか？」

「え？　おっさ……わっ！」

いつの間にやら、背後に大きな男性が立っていた。

私だけじゃなくて、リリンちゃんも気づかなかったらしい。ルイボスさんは気づいてい

見ておこうと思ってな」

たのかな？

「よぉ、邪魔するぜ」

「レグルスさん！　どうしてここに？」

「観光しようと思ったんだけどな？　やっぱオレもこっちが気になってよ。先に同業者を見ておこうと思ってな」

「レ、レグルスって……ソーズ王国のビーストマスターっすか⁉」

リリンちゃんが目を丸くして驚く。当然の反応だろう。

「元気がいいな！　初めましてだ。これからよろしく頼むぜ」

「よ、よろしくっす……」

「そっちの疲れてる奴とメガネもな！」

「いきなりメガネ扱いですか……」

「なんかうるさい先輩と似た波長を感じますね」

「だ、誰のことっすかぁ？」

「はっはっはっ！　賑《にぎ》やかでいいじゃねーか！」

レグルスがこっちに顔を出すのは予想外だった。

同盟のこともあるし、ちゃんと仲良くできるように私がサポートしないと。

と思っていたら……。

十数分後。

「へぇ、じゃあ最初は二人だけだったのか。その年で大役を任されたな。すげーじゃねーか」

「そうっすか？　ウチにかかれば朝飯前だったっすよ！」

「あまり調子に乗らないほうがいいよ」

「メガネのほうは融通が利かなそうだな」

「そうなんすよ。メガネっすから」

「二倍酷い……」

私が何かする必要はまったくなかった。

レグルスはコミュニケーションをとるのが上手い。

あっという間に馴染《なじ》んで、最初は緊張していたリリンちゃんも、いつも通り元気な笑顔を見せている。

その間に私は、アトラスさんの仕事の手伝いをしていた。

「助かりましたよ。やっと終わりそうだ」

「私がいなかったことも理由ですから」

「もう一人の先輩が、こっちの仕事もやれたらよかっただけですよ」

「とか言いながら、ちゃんと代わりにやってあげているんですね」

「……仕事ですから」

リリンちゃんは苦手な仕事でも、無理に誰かに押し付けたりはしない。きっとアトラスさん自身が代わりにやることを選択している。

やっぱりアトラスさんはリリンちゃんになんだかんだ甘い。

二人で書類仕事をしている間、レグルスの相手はリリンちゃんとルイボスさんに任せた。

リクル君たちもそろそろ来る頃だろうか。

みんなにもカルマ王子が来ていることは伝えてある。それまでに終わらせようと急ぎペンを走らせる。

「中々賑やかな場所だね」

「――カルマ王子！」

二人してペンが止まった。

リリンちゃんたちはおしゃべりに夢中で気づいていない様子だ。

「お一人……ですか？」

「リクル王子はまだ国王陛下と話しているよ。ボクは挨拶が終わったから、先にこっちへきたんだ」

「そうなんですね……」

「リクル王子はとても嫌そうな顔をしていたよ」

「そ、そうですか」

想像できる。できれば一人で行かせたくなかっただろうと。

「仕事かい？」

「はい。もうすぐ終わります」

「真面目《まじめ》だね。戻ってきてすぐに職務を全うする。そういうところも素敵だ」

「あ、ありがとうございます」

褒めてくれるのは嬉しいけど、どうしてもあの言葉がちらつく。

リクル君、早く来てくれないかな……。

「ねぇ、セルビア、あの時の返事を貰えないかな？」

「え、い、今ですか？」

「うん。リクル王子もいないしね」

「で、でも……」

アトラスさんもいるし、周りには人の目がある。

こんな場所で……。

「ボクの妻になる気はないかい？」

「――！」

「は？　妻？　どういうことですか？」

いつも冷静なアトラスさんが慌てた顔を見せる。

私だって意味がわからない。

なんで私に求婚するのか……未《いま》だに納得していないのだから。

「えっと……」

「直感でもいいよ。ボク自身、一目ぼれだったからね」

「直感……」

そんなこと急に言われても……というのが、素直な気持ちだった。

私はこれまで、結婚について真剣に考えてこなかった。

レイブン様という婚約者がいた時期があったけれど、あれも私の意志ではなく、レイブン様の家と国の意向で決められたものだ。

結果を見れば明らかで、私たちの間に真実の愛などなかった。

彼は私のことなんて愛していなかった。

ただ便利だから、ビーストマスターだから利用しようと思っていただけだ。

それも仕方がないと、少し思ってしまう。

そう、私自身が彼のことを想っていなかった。

テイムした生き物たちのことは信頼できても、他人を心から信頼することは難しい。

大事なのは、私がこの人のことを信頼できるかどうか。

出会ったばかりでお互いのことは何も知らない。

わかっているのは、普通の人間とは違う立場や価値観を持っている者同士だということ。

それ以上のことはわからない。

「私は……」

「遅くなってすまない」

「――!」

「国王陛下とのお話は終わったようだね? リクル王子」

私たちの元に、リクル君が姿を見せた。

リリンちゃんたちも彼が来たことに気づき、レグルスと一緒に歩み寄ってくる。

「お帰りなさい! 殿下!」

「ああ、レグルスも来ていたのか」

「ちょっと様子を見にな」

「アトラスも……随分とやつれている気がするが、大丈夫か?」

「大丈夫じゃないですよ。ちょっと休みが欲しいですね」

「ふっ、考えておこう」

リクル君が現れたことで、会話の中心に彼が立った。

カルマ王子は私の耳元でそっと囁《ささや》く。

「続きはまたの機会に聞かせてもらうよ」

「え、あ……はい」

リクル君のおかげで、今すぐ回答せずに済んだことに、心の中でホッとしている。

直感でいいなんて言われても、簡単に答えは出せないだろう。

相手は一国の王子様で、同盟を結んだばかりの相手だ。

私の一挙手一投足が、ノーストリア王国の未来に関係している。

慎重に、しっかりと考えて答えを出さないと。

「……セルビア」

「リクル君？」

いつの間にか、リクル君は私の隣に立っていた。

代わりに話題の中心には、カルマ王子がいる。レグルスと同じように、すんなりとリリンちゃんたちの輪に溶け込んでいた。

ウエスタン王国の人たちは、コミュニケーション能力が異様に高い気がする。

「カルマ王子と何か話したか？」

「え、そうだね……少し」

「そうか」

「……」

気まずい空気が流れる。

どうして私は、リクル君に申し訳ないと思っているのだろうか。

まだ結論は出していないのに。

「お前が自身で選べばいい」

「え？」

「カルマ王子のことだ」

「それって……」

「国のことは考えなくていい。難しいことは抜きにして、お前自身がどうしたいのか……大事なのは自分の気持ちだ」

「リクル君……」

私にそう告げるリクル君は、少し寂しそうに笑った。

「俺たちは一生、立場に振り回される人間だ。だからせめて、生涯で一緒にいる相手は、自分の気持ちで選びたいだろ？」

「……そうだね」

本当にそう思う。

「でも……」

「ああ、王族の考えることじゃないよな。自覚はしているよ」

王族こそ、愛する人さえ自由に選ぶことはできない。

王国の未来、人々の注目、誰もが認めるような相手でなければ、自分たちがいかに愛し合っていても不十分だから。

そういう意味では、世界でもっとも不自由な人間が、王族なのかもしれない。

誰もが王族や、貴族に憧れる。

華やかな衣装を着て、舞踏会で優雅にダンスをする……そんな光景を夢見る。

けれど、立場には相応の責任が伴う。そして常に、彼らは注目されている。

立ち振る舞いを観察され、王族に相応《ふさわ》しい人間なのかを評価され続けている。

覚悟なくして、王族として生きることは苦しい。

私は今の立場にいるからこそ、いろんな偉い人たちを見てきた。

王族とは、貴族とは、本来そういう人たちだと。

そんな彼が口にした言葉だからこそ、とても深くて重い意味が宿っている。

「私の気持ち……」

率直に、結婚したいと思えるかどうか。

そんなこと考えることはなかったし、考えていいのかもわからなかった。

ビーストマスターの存在は、王族に次ぐほど注目され、自分の意思だけでは何も決められない。

セントレイク王国でもそうだった。

散々特別だともてはやされても、実態は王国の命令に従うだけの個人に過ぎない。

ただの人間ではない。セントレイク王国のビーストマスターという肩書が、私の自由を束縛していた。

今も、ノーストリア王国のビーストマスターとして、正しい振る舞いを考えている。

それは一旦、心の隅に置いてしまおう。

リクル君が許してくれるなら、ちゃんと考えてみよう。

「まぁ、そうはいっても……な？　俺個人としては――断ってほしいと思うよ」

「え？　それってどういう……」

リクル君は誤魔化すように笑って、私に背を向けて歩き出す。

そのままカルマ王子たちのほうへと向かい、会話に交ざってしまった。

立ち去る時に見えたリクル君の横顔が、少し恥ずかしそうに見えたのは、気のせいじゃなかったはずだ。

今の言葉の意味を、私は自分なりに考える。

それから――

◇◇◇

一日が終わる。

レグルスとカルマ王子にノーストリア王国の街を案内したり、宮廷で飼育している生物たちを紹介したり。

結局一日丸っと使って、一緒に観光の手伝いをしてしまった。

ルイボスさんとアトラスさんは、また書類が溜《た》まって明日が大変だと嘆いていたけど、リリンちゃんは楽しそうだった。

「客人の接待も、僕たちの仕事のうちだね」

「そうみたいですね」

二人とも最後は諦めて、明日のことは明日の自分たちに任せよう、と言い合っていた。

明日からは私もいる。

不在の間、二人に任せっきりになっていた分、私もしっかり働かなきゃ。

その前に、決着をつけるべきこともある。

夜になり、夕食も終えた。

レグルスとカルマ王子も、今夜は王城に泊まっていかれることになった。

私はタイミングを見つけて、カルマ王子に話しかける。

「あの、カルマ王子、少しお時間を頂けませんか?」

「ん? いいよ。ちょうど話したいと思っていたところだからね」

「ありがとうございます」

声をかけ、二人で王城のベランダへと向かった。

ソーズ王国とは違い、夜に外へ出ても寒さで震えるようなことはない。少し冷たいけど心地いい風が吹き抜け、髪が揺れる。

「ここは過ごしやすい場所だね」

「そうですね。とてもいい場所です」

「セントレイクより?」

「はい」

そこはハッキリと肯定できる。

私にとってこの国は、生涯を捧《ささ》げたいと思える居場所になったから。

「さて、答えを聞かせてもらえるんだよね?」

「はい」

そのために声をかけた。

私の答えは、結局最初から決まっている。

「申し訳ありません。私にその気はありません」

私はハッキリと断り、深々と頭を下げた。

王子様の求婚を断るなんて、なんと失礼で贅沢《ぜいたく》なことなのだろう。それでも私は、断る以外の選択肢が浮かばなかった。

「そうだろうね。だと思ったよ」

「カルマ王子？」

「ボクは君と出会って運命だと感じた。この直感に間違いはない。でも君は何も思わなかった。そうだろう？」

「……」

「遠慮しなくていい。顔を見ればわかる」

申し訳ない気持ちでいっぱいだ。

告白を断ることが、こんなにも辛《つら》いことだとは思わなかった。レイブン様も……私に対してこんな風に思ったのだろうか？

いいや、さすがにそれはないか。

「本当に申し訳ありません。王子からのお誘いは、とても誇らしいことでした」

「誇らしい……か」

「はい」

王子様から求婚される体験なんて、世界中でも限られた人しかできない。私はそのうちの一人になった。

これを誇らしいと思わずに何だというのだ。

そう思いながらも、彼の求婚を受けようとは思えなかったけど。

「私は……結婚するなら、本当の意味で心から……信頼できる人がいい。お互いのことを知って、理解して、この人しかいないと思えるような」

そんな誰かと手を取り合い、一緒に未来を歩きたい。

夢見がちな気持ちだけど、今の私の素直な理想がそこにある。

「そうだね。ボクもそれがいい。この人だって思える相手……君にはいるのかい？　そんな相手が」

「わ、私にはまだ……」

「そうかい？　ボクには気づいていないだけで、すぐ傍にいる気がするよ」

「傍に……」

「ああ、ボクの直感はよく当たるんだ」

ふと、思い浮かんだのはリクル君の顔だった。

どうして今、彼のことを考えたのだろう。いいや、深く考える必要なんてない。

つまり私は、心のどこかで思っていたんだ。
彼と、そういう未来を期待していた。

第三章

ノーストリア王国とソーズ王国の同盟が正式に発表されたことで、世界中で各国が動き出した。

二か国の同盟に賛同し、その同盟に加わろうとする国。

ウエスタン王国に蹂躙《じゅうりん》されるのを恐れ、初めから降伏の姿勢を示す国。

世界は今、二分されようとしていた。


同盟締結から三日後。

大きな動きを見せなかったウエスタン王国に新たな動きがあった。

かの国は近隣諸国に次々と宣戦布告をし、戦争をしかけた上で降伏すれば同盟を、抵抗すれば武力による制圧を。

そうして複数の国を同時に攻め落とし、確実に勢力を拡大させていた。

この動きに際して、ノーストリア王国とソーズ王国の代表は、今後の動きについて話し合いをすることになった。

「――おかしい」

会議の場で、そう発言したのはレグルスだった。

ソーズ王国よりもセントレイクやウエスタンに近い位置にある私たちの国で開かれた会議には、カルマ王子とレグルスが参加している。

ノーストリア王国からは私を含む四人の宮廷調教師と、リクル君も参加していた。

互いの国王は、各国との会合もあり忙しく、ウエスタンへの対応は私たちに一任されている。

レグルスは続けて言う。

「どういうつもりだ？　ウエスタンの女狐《めぎつね》は」

「戦争をしかけるつもりなのだろうね。ボクたちの同盟にも」

「そこが引っかかる。いくらあの女でも、オレとセルビアを同時に相手はできねーよ。どれだけ数を集めようが、そこの戦力差は覆らねーんだ」

ビーストマスター同士の実力は拮抗《きっこう》している。

故に戦うならば、それ以外の要素がどれほど勝っているかで勝敗は決まる。

私たちの同盟には、ビーストマスターが二人も参加していた。

純粋な戦力だけなら、私たちのほうが上だろう。

そういう狙いもあって、ウエスタン王国を牽制《けんせい》するために同盟を結んだ。

しかし、狙い通りにはいっていない。

ウエスタン王国は変わらず……むしろより過激に、戦争をちらつかせている。

「順調に近隣諸国は取り込んでいますね。このままいけば、近い将来かならず僕たちの国とぶつかります」

集められた資料を見ながら、ルイボスさんがウエスタンの侵略方向を説明した。

私たちの国は地理的にも近い。

この国の近隣諸国は今のところ、私たちの同盟に参加してくれている。もしも彼らの地が脅かされることがあれば、同盟国として見過ごせない。

そうなれば……。

「戦争……するんすか？」

「可能性としてはある、という話だよ」

「……」

ルイボスさんとリリンちゃんも、気持ちが沈んで暗い表情になってしまった。

誰だって戦争はしたくない。

ここにいる皆、そういう気持ちなのは確かだ。

ならば彼女は……ウエスタンの国王とビーストマスターは何を考えているのだろう？

リクル君がアトラスさんに尋ねる。

「アトラス、お前の視点から見てどう思う？」

「そうですね……」

彼は元ウエスタン王国の人間だ。

立場的にも、国王やイルミナに近しい存在ではあった。

彼の意見に視線が集まる。

「あの女……イルミナは感情的になりやすい性格です。気に入らないことはとことん潰す……そんな感じでです。ただ国王は違う。常に利益を最優先に考えるような人でした」

「この侵略にも、ウエスタンの利益があるということか」

「そこがわからないんですよ。俺は内情もある程度は知っていますから、今の俺たちに戦いを挑んでも、勝てる可能性は低い。それがわからないほど、愚かな人たちではなかったはずです」

「なら、つまりは……」

「ですね。何か裏がある、と考えるべきかと」

リクル君とアトラスさんの出した結論に、私たちは頷《うなず》く。

気づいていないだけで、ウエスタン王国の侵略には戦争以外の意味があるのかもしれない。もしくは、戦争をしかけても勝てるだけの手段があるのか。

二人のビーストマスターに対抗する手段……。

「わっかんねーな！　実はもう一人、ビーストマスターがいたっていうほうが納得できるぜ」

「だとしたら脅威だね」

レグルスとカルマ王子の会話を聞きながら、思い浮かんだ人物がいる。

突然、新しくビーストマスターが誕生することはない。

適性は生まれた時点で決まっているから、後天的にビーストマスターとなれる者は存在しない。

しかし、後天的に力を得る方法……それを実行した人物が、たった一人いる。

「――スカール」

「セルビア」

「リクル君、あの人なら――」

その時だった。

突如として空間に亀裂が走り、異様な音が鳴り響く。

「ご機嫌よう、皆さん」

「――!?」

「あ、あなたは――」

「イルミナ・ヴァンティリア!」

アトラスさんが名を叫んだ。

避けた空間から姿を見せたのは、話題の中心人物である彼女だった。驚愕《きょうがく》と同時に、困惑で皆が固まる。

そんな中、レグルスだけは焦りもせず、どこからか巨大な剣を取り出し構えた。

「わざわざやられに来たのか？　女狐！」

「あら？　相変わらず野蛮な人ね。でも、遅いわ」

「——なっ！」

空間の亀裂は、巨大なアギトの形をしていた。

遅れて気づく。これは単なる空間転移ではなく、悪魔の召喚。巨大なアギトの正体は、人間界と魔界を繋《つな》ぐ力をもつ——

「食らいなさい。アバドン」

アギトは閉じる。そして、私たちは飲み込まれた。

◇◇◇

アバドンの能力は、食らった相手を魔界に強制転移させること。

召喚や憑依《ひょうい》とは異なり、互いの同意なく強制的に世界を移動させる力を持つ。

アギトに飲み込まれてしまった私たちは——

「な、な……なんすかここ！」

「――魔界」

リリンちゃんは叫び、私は呟《つぶや》いた。

アバドンの能力によって、あの場にいた皆が魔界に転移させられた。

目の前の光景に絶句する。

とてもこの世のものとは思えない。

当然だ。ここは人間界ではなく、悪魔たちが住まう異界なのだから。

「チッ、やられたな。お前ら無事か？　カルマは？」

「ボクはここだよ」

カルマ王子は冷静に、周囲の様子を観察していた。

その隣にはリクル君の姿もある。

「空が赤いね」

「大地も黒い。植生も見たことがないものばかりだ」

「興味深いね！　ここが噂《うわさ》の魔界か」

「よくこの状況でワクワクできるな」

「中々できない体験だからね。興味をそそられるものに見入られるのは、人間なら当然のことだと思うよ」

「……状況が違えば、だろ」

カルマ王子の額から汗が流れ、頬を伝って落ちる。

珍しく、焦っているように見えた。

「まずいよね、この状況は」

「ああ。セルビア！　どうにかして戻れないか？」

「難しいかな。私が契約している子たちに、世界を渡る力はないよ」

「そうか」

続けてカルマ王子が、レグルスに尋ねる。

「レグルスは？」

「オレも同じだ。アバドンくらいだぞ？　召喚以外で世界を移動できる力なんざ」

「唯一を使われたわけか。ならばあれが、彼女の切り札だったということかな」

「かもしれねーな」

この展開は、私たちにとっても予想外だった。

スカールのことは一旦記憶の隅にしまっておこう。

イルミナの狙いは、私たちを人間界から追放することだったようだ。

「どうするんすか？　このままじゃ国が！　みんなが危ないっすよ！」

「落ち着くんだ、リリン」

「落ち着いてられないっすよ！　メガネ先輩だって心配じゃないんすか？」

「心配だ。だが冷静にならなければ対策も練れない」

「ルイボスさんのいう通りですよ。気持ちはわかるけど落ち着きましょう」

「うぅ……」

アトラスさんにも諫《いさ》められて、リリンちゃんはしょんぼりする。

不安な気持ちは私も同じだ。

なんとかしてすぐに戻らないと、イルミナが他国を侵略するように、私たちの国に酷《ひど》いことをするかもしれない。

冷静に考えなければいけないのに、どうしても焦りが生まれる。

「とりあえず、帰る方法探すしかねーな」

「冷静ですね」

「お前もだろ？　さすが、女だが肝が据わってるな」

「い、いえ、私も焦っています」

「大丈夫だ。オレの契約している悪魔に、アガレスって大悪魔がいる」

「アガレス？　確か……能力は時間操作！」

時を操る大悪魔アガレス。その能力は時間を巻き戻すことも、未来を見ることもできると言われている。

私は相性的に契約できなかった悪魔の一柱だ。

「アガレスの能力は一定範囲の時間操作だ。今ここで使っても元の世界には戻れねーが、世界移動のタイミングで能力を使えば、過去の世界に戻ることはできるはずだぜ」

「本当すっか！」

「おう。だからそう落ち込むな。オレたちはまだ、何も失っちゃいねーよ」

「……よかったっす」

ここに来て、一縷《いちる》の希望が生まれた。

リリンちゃんも安堵《あんど》して、瞳から涙が流れ落ちる。

「とはいっても制限つきだ。戻れるのは最大でも三日以内。それ以上過去には移動できねーからな」

「三日っすか……」

「かなりシビアな時間制限ですね」

ルイボスさんがメガネに触れながらそう言った。

三日も過去に戻れるのは驚異的だけど、ここは未知の世界だ。まずは戻る方法を考えないといけない。

「待て！　何か来るぞ！」

リクル君が叫ぶ。

地響きが鳴り、大地が揺れる。

地震？

違う。何かの足音が、こちらに向かってきている。

ここは魔界、住んでいるのは悪魔たちだけじゃないことを、私たちは痛感する。

「ヴォルカニカ！」

炎を纏《まと》いし大魔獣が私たちの前に姿を現した。

見上げるほどの巨体で、強靭《きょうじん》な顎と鋭い爪、見た目は亀のようだけど、のんびりさは微《み》塵《じん》も感じない。

感じるのは恐怖と、圧倒的な威圧感だけだ。

「いきなり大魔獣か！　お前ら下がってな！　ここはオレが――！」

武器を構えるレグルスが、何か違和感を覚えたらしい。その違和感に続いて気づいたのは私だった。

「――！　力が……」

使えない？

召喚術を発動させようとしたのに、上手《うま》く発動しない。おそらく私だけじゃなくて、レグルスも同様に。

違和感に戸惑う私たちに、ヴォルカニカが発熱し、攻撃態勢に入る。

「ちっ、まずいな。離れるぞ！」

レグルスの叫びに合わせて、私たちは走り出した。

しかしヴォルカニカはすでに攻撃態勢に入り、鋭い爪をもつ腕を振り下ろした。

最後尾を走っていたのはリリンちゃんだった。

「――！」

「リリンちゃん！」

助けたくても力が上手く使えない。

叫ぶしかできない私の前に、颯爽《さっそう》と駆け出したのは――

「っ……」

「お、お前……」

「アトラスさん！」

「ぐふっ、う……」

リリンちゃんを庇《かば》い、アトラスさんが攻撃を受けてしまった。

腹部から出血し、頭も打って血が流れる。それでもリリンちゃんをしっかり抱きかかえて、ヴォルカニカの足元から離脱する。

「能力が使えないわけじゃない！　憑依なら！」

アトラスさんが痛みに耐えながら叫ぶ。その叫びに応えるように、レグルスが憑依を発動させる。

「【ポゼッション】――ルキフグス」

魔界の宰相ルキフグス。有する能力は、あらゆる宝物の管理。

かの悪魔は魔王直属の部下であり、彼らが集めた宝物の管理を任されている。

レグルスが持つ大剣もその一つだったらしい。

「叩《たた》き斬ってやるよ！」

憑依させたのは能力のみのようだ。

レグルスは大剣を振りかざし、高く跳躍してヴォルカニカの頭上をとった。

そこから大剣を勢いよく振り下ろし、ヴォルカニカの硬い頭を両断する。

ルキフグスの優れた点は宝物の運用だけではなく、純粋な戦闘能力の高さ。憑依すること
とで、その力を人間の身体《からだ》で再現している。

魔法を行使するよりも、相当な負担がかかるはずだ。

平然としているのは、レグルスが身体を鍛えている証拠だろう。

「ふぅ、とりあえずいけるな。そっちは？」

「大丈夫です」

負傷したアトラスさんを地面に寝かせて、私が召喚した悪魔の力で回復させている。

魔界だからなのか、治癒能力が普段よりも高い気がした。

「召喚もいけるのか」

「みたいです。使えないわけじゃなくて、普段と場所が違うから、感覚が乱れていただけみたいですね」

「なるほどな。冷静になりゃ気づけたはずが、オレも焦ってたってことか」

頭をポリポリかきながら反省するレグルス。

彼のおかげで脅威は去った。召喚と憑依が使えるなら、危険がはびこる魔界でもなんとか生き抜くことはできそうだ。

「大丈夫っすか！　なんでウチを……」

「は？　なんでって、危なかったからに決まってるでしょ」

「そんなの、自分だって危ないのに」

治療されるアトラスさんの横で、リリンちゃんが涙ぐんで見守っている。

アトラスさんのおかげで彼女は無傷だ。

召喚や憑依は使えても、テイムした生物を連れてこられない以上、今の彼女はか弱い女の子でしかない。

アトラスさんが割って入らなければ、彼女が大けがをしていただろう。

「助けたんだから、もっと感謝してくださいよ」

「感謝はしてるっすよ」

「おっ、珍しいですね？　言い返さないなんて」

「そうやってからかうからっすよ！」

「あ痛！　怪我人《けがにん》にツッコミいれないでくださいよ」

「うっ……」

「まったく、もっと優しくしてくださいよ」

「や、優しくしてほしいなら、普段からそっちも優しくしてほしいっすよ。いっつも意地悪ばっかり言ってる癖に」

助けてもらった手前、いつものように文句も言えないリリンちゃんだった。

そんな二人の後ろで、カルマ王子がぼそっと呟く。

「男というのは面倒な生き物でね？　気になる相手には、ついついちょっかいを出してしまうものなんだよ」

「え……」

「ちょっ、変なこと言わないでくださいよ。誤解されるじゃないですか」

「誤解？　ボクにはそうは見えないけどね」

「え、ちょっ、どういうことっすか？　まさかウチのこと」

「勘違いですって。誰がこんなチンチクリンのこと気にしますか」

「誰がチンチクリンっすか！」

「ぐおっ！　だから怪我人だって言ってるでしょ！」

この二人は魔界でもいつも通りで、見ているとこっちも落ち着いてくる。

カルマ王子の真意はわからないし、私も二人のことを詮索する気はないけれど、アトラスさんがリリンちゃんに甘いことには、私も気づいている。

もしかすると本当に、憎からず思っていたりして？

リクル君が全員に告げる。

「アトラスが回復したら移動しよう。騒ぎが広がれば、他の魔獣たちも集まってくるかもしれない」

「そうだね。それまでに対策も考えないと」

「ああ」

私たちはアトラスさんの回復を待ち、移動を開始した。

どこへ向かうというわけではなく、隠れられる場所を探して移動しているだけだ。

その間、私とレグルスを中心にして、対策を考える。

「一番可能性が高いのは、悪魔の力を借りることだな」

「そうですね。この地の悪魔なら、人間界に戻る方法を知っているかもしれません。ただ、問題は……」

「協力してくれるかどうか……か」

「はい」

お願いするなら契約している悪魔を選ぶ。

それでも、私たちの要望に彼らが応えてくれるかは、実際に頼んでみないとわからない。

特に世界間の移動ができる可能性があるのは、悪魔の中でも上位の存在だけ……。

最も可能性が高いのは――

「魔王にお願いするのが一番だと思います」

「だろうなぁ」

レグルスはあまり乗り気には見えなかった。

「オレも魔王とは契約してる。たぶん、お前さんとは違う魔王だがな」

「そうですよね。私のほうも、私以外の人間と契約はしてないと言っていました」

「あいつらはプライドの塊だからな。相当な理由がない限り、人間に協力しねーよ。特にオレのとこのは性格も歪《ゆが》んでる。戦い以外の頼みは基本無視だ」

「じゃあ、私のほうを当たりましょう。こっちは比較的、会話もできる方なので」

魔王というと恐ろしいイメージがある。

それは事実だし、間違っていないけれど、まったく会話ができないわけでもない。彼らにも意思があり、思惑があり、感情がある。

上手くコミュニケーションが取れれば、友好な関係を築くことも不可能じゃない。

少なくとも私が契約している魔王サタンは、私たち人間に一定の理解がある。協力してくれるかどうかはわからないけど、頼んでみる価値はある。

「決まりだな」

「魔王のところへ行くのはいいが、場所はわかるのか？」

リクル君が私に尋ねてきた。

私はそれに答える。

「私が契約している悪魔の位置なら、大体は感じ取れるよ」

「ここは魔界だからな。特に魔王の気配はでかい。ちなみにオレが契約してる魔王はあっちにいるぜ」

レグルスが自身の右側を指さした。

「私はこっちです」

「ほぼ逆だな」

「魔王同士なので、距離を取っているんだと思います」

同じ魔王の名を持つ大悪魔同士、それぞれが領地を持ち、配下の悪魔たちがいる。出会えば争い、奪い合う。

好戦的な性格が多い悪魔だ。私たちの世界よりも、争いが絶えないのだろう。実際はどうなのかこの眼で確かめるチャンスだけど、そんな暇もなさそうだ。

「距離があるので急ぎましょう」

「時間もねーんだ。目立ってもいいから速度重視で行こうぜ」

「わかりました。グレータードラゴンを召喚します。背に乗って移動しましょう」

「敵が来たらオレが対処してやる」

「心強いです」

ビーストマスターがもう一人いるだけで、普段とは安心感が違う。

最悪、魔王と戦闘になっても、なんとかなるんじゃないかと思えてくる。

私はグレータードラゴンを召喚しようと口を開く。

【サモン】――グレーター」

「ならん」

「――⁉」

召喚が途中で止められた?

召喚術を乱すほど強大な魔力の波が押し寄せる。

突如として空を覆い隠す無数の黒い物体。ブンブンと羽音が聞こえる。

リクル君が空を見上げて、黒い物体の正体に気づく。

「あれは……ハエ?」

「まさか――」

無数に飛び交うハエの群れ。

あの時の光景が蘇《よみがえ》る。私の召喚を妨害した声の主は――

「お呼びじゃねー方の魔王が来やがったか」

「魔王……ベルゼブブ！」

空のハエたちが散り、代わりに巨大な異形《いぎょう》のハエが姿を見せる。

私たちはよく知っている。

この恐ろしい悪魔がノーストリア王国の頭上に現れたのは、つい最近の出来事だから。

「見つけたぞ。人間ども」

「魔王……」

「そこの娘は、会うのは二度目だな」

「――！」

魔王ベルゼブブの赤い瞳と視線が合う。

睨《にら》まれているのがわかって、恐怖で背筋がぞくっとした。

「あの時は世話になった」

「……」

恨まれているだろう。経緯はどうあれ、私は一度、魔王ベルゼブブと対峙《たいじ》して、勝利を
収めている。

彼にとっては屈辱だったはずだ。

「魔王様自らお出ましとは気前がいいじゃねーか！」

レグルスが前に出る。

魔王を前にして堂々としているのはさすがの一言だ。私を含め他のみんなは、魔王の登場に少なからず恐怖している。

「いきなりで悪いが、帰る方法を知っていたら教えてくれよ」

「ならん、と言ったはずだ」

「ありゃ召喚の否定じゃなかったのか？」

「それもならん。ワシの前で配下を使役するなど、無礼千万《ぶれいせんばん》だ」

「グレータードラゴンってお前の配下だったのか。そりゃ初耳だな」

私も初めて知った。

特定の魔獣を魔王が支配下に置いていることはあるけど、グレータードラゴンは魔獣の中でも強大な力を持っている。

どこかに属さず、自分のテリトリーを形成していると思っていた。

「すべての魔獣はワシの配下だ」

「なるほど、そう思っているだけか」

「事実だ」

「あっそ。で、帰り方教えてくれ」

本当に豪胆な人だ。

一度拒否されたのに、何事もなかったかのように聞き直している。

これにはベルゼブブも苛立《いらだ》ちを見せる。

「不敬だぞ。虫けらが」

「っ……」

なんという殺気、威圧感。

ヴォルカニカなんて比べ物にならないほど圧倒的な存在感を放っている。

それを前にしても、レグルスは不敵に笑う。

「ハエの王に虫けら呼ばわりされるとは思わなかったぜ！」

「レグルスさん！　あまり刺激しないほうが！」

「もう遅せーよ！　それにどっちにしろ、こいつはオレたちを逃がす気はねーみてーだからなぁ！」

「――！　ハエが……」

私たちの退路を断つように、周囲に竜巻のように回り出した。

すでにレグルスは戦うつもりでいる。

「どうして、私たちの前に現れたのですか？　イルミナの……彼女の命令ですか？」

「……ふっ、不服ではある」

ベルゼブブはため息交じりに悪態をつく。

どうやら偶然ではなく、私たちを阻止するためにここへ現れたらしい。契約者であるイルミナの指示だろう。

「だが契約は契約だ。ワシはお前たちをここから逃がさん。そのために来た」

「……どうして、従うのですか？　ここは魔界です。憑依もしていないのに」

憑依も互いの許可がなければ成立しない。

ここは魔界で、彼ら悪魔の世界だ。いかに彼女でも、憑依していない時に魔王に命令することは不可能だろう。

そもそも魔王への命令権なんて、私たち人間にはない。

私たちにできるのはお願いと交渉。利害が一致すれば力を貸してくれるだけなのだ。

「なら、利害が一致してるってことだろうな」

「利があるというのですか？　ここで私たちを止めることに」

「そういうことだ。これ以上を語る気はない。知られる必要もない」

「……」

話し合いでなんとかしたかったけど、どうやら無理みたいだ。

戦いは避けられない。

相手は魔界の支配者の一柱、魔王ベルゼブブだ。

かつてノーストリア王国に召喚された時と違い、魔界で完全に力を振るえる状態にある。

私も覚悟を決めなくてはならない。

「セルビア、そっちの交渉は終わったか？」

「はい。準備はできています」

時間は十分にあった。

利害の一致は、すでに形成されている。

「リクル君、アトラスさん、いざという時はみんなを守ってください」

「わかった。くれぐれも気をつけてくれ」

「始まったら外に移動します。俺に触れておいてください」

すでに臨戦態勢。

一触即発の空気から、先に動いたのは――

「我が子の餌となれ」

ハエの王が眷属《けんぞく》を操り、無数のハエたちが私たちに向かって押し寄せてくる。

「飛びます！」

「お願いします」

アトラスさんがサルガタナスの能力で、皆を連れて瞬間移動した。それを確認してから、私も憑依を発動させる。

「【ポゼッション】――サタン」

魔王の相手ができるのは、同じ魔王の称号を持つ存在のみ。

私の肉体に、魔王サタンの意志と力が憑依する。

集まってきたハエの群れは、燃え盛る炎によって一掃され、塵《ちり》となった残骸が風に舞って消えて行く。

「くくっ、あの時とは立場が逆になったな。魔王サタンよ」

『景気がよさそうだな？　ハエの王』

「ワシはな？　そちらは違うようだが？」

『ふっ』

憑依は完了した。あの時と同じ、魔王サタンの意識に私は身体を委ねている。ただし、わずかな違和感がある。

（すみません。普段より憑依が不安定みたいです）

『仕方あるまい。ここは奴《やつ》のテリトリーだ。余らは不可侵の契約を結んでおる。本来ならば、立ち入ることすらできん』

（不可侵の……！　そうとは知らず申し訳ありません）

『よい。応じたのは余だ。自らの肉体ではない今、不可侵の契約には触れん。もっとも、ここでは本来の力を発揮できんがな』

知らなかった。魔王同士でそんな契約を結んでいたなんて。

そしてここは魔王ベルゼブブの領域で、完全に相手が有利な戦場だった。

確かにあの時とは立場が逆になっている。

「あの日のリベンジをさせてもらおう」

『生憎《あいにく》だが、それは叶《かな》わん』

「愚かな。勝つ気か？　ここはワシの領域だ」

『むろん知っている。全力を行使できぬ今、余が不利ではあろう。だがな、ハエの王よ？余は契約者に恵まれている。お前と違ってな』

「何を……！」

魔王サタンは不敵な笑みを浮かべる。

ベルゼブブも気配を察知し、目の色を変えた。

ハエの王の前に立っているのは、魔王サタンだけではないことに、ようやく気づいたらしい。

『こういうことも起こるのだな』

『――まったくだぜ。とんだ愉快な茶番だなぁ！　サタン！』

姿を見せたのはレグルスだけど、しゃべっているのは彼ではない。

魔界には三人の支配者がいる。

魔王ベルゼブブ、サタン、そして最後の一人こそ――

『久しいな。アスタロト』

『カッ！　三百年ぶりか！』

レグルスが契約している別の魔王。その話が出た時点で、もしかしたらと思った予想が当たっていた。

ビーストマスターはそれぞれ、異なる魔王と契約を結んでいた。示し合わせたわけじゃない。偶然か、それとも……これも運命なのか。

魔界の三大支配者が一挙に揃《そろ》った。

「……アスタロト、貴様もか」

『ようハエ！　元気してたか？　オマエとはもっと久しぶりだなぁ』

「忘れもせんぞ。ワシの領地を勝手に荒らしよって！」

『荒らしてねーよ。暇だったから散歩してただけだろうが。それを勝手に契約違反だとか言いやがって』

「テキトーなこと言うな！　ワシの財宝を壊したのは貴様だろう！」

『壊してねーよ。勝手に壊れてたんだ。ったく、いつまでもネチネチと、図体《ずうたい》がでかいだ

けで気は小せぇーやろうだ』

ベルゼブブとアスタロトが口喧嘩《くちげんか》を始めてしまった。

どうやら二者には何やら因縁があるらしいけど……会話だけ聞いていると、友人同士の他愛ない喧嘩のようだ。

「ちょうどよい機会だ！　サタンもろとも、ここでいたぶってやろう」

『カッ！　できるわきゃねーだろ！』

『余らを相手に息巻くか。ハエの王よ』

『仲良くハエ退治といこうぜ！　なぁサタン！』

「来るがいい！　憎き宿敵ども！」

まるで子供同士の喧嘩から、本格的な戦闘に発展した。

始まりは可愛《かわい》らしくとも、戦闘には可愛さの欠片《かけら》もない。

ベルゼブブは無数のハエを操り、四方から私たちを攻撃する。ハエは一匹一匹が魔力で強化され、岩を砕く勢いがある。

対するサタンは周囲に魔法陣を展開し、炎を操ることで迫りくるハエを焼却していく。

『カッカカッ！　相変わらず騒がしいハエどもだなぁ！』

アスタロトは右手を空にかざし、手のひらから冷気の嵐を発生させる。

粒状の氷が宙を舞い、ハエたちにぶつけて破壊し、さらには冷気でことごとくを凍結させ、氷の彫刻となったハエは地に落ちる。

「っ、忌々しい力だ」

『おいおいどうしたぁ？　この程度じゃねーだろう？』

『もう出尽くしたか？　ハエの王』

「なめるなよ！　虫けらども！」

ベルゼブブは操っていたハエを散らせ、代わりに無数の竜巻を生成する。

『やっと本気になりやがったか』

『ここからのようだな』

魔王ベルゼブブが持つ最大の権能、それは暴風を司ること。

かの王は大気を支配し、天候すら変えてしまう。生み出された嵐には意思があり、破壊の限りを尽くすまで止まらない。

「このまま塵にかえてやろう」

『そよ風が！　こんなもんでイキってんじゃねーよ！』

アスタロトは対抗するように、巨大な氷塊の波を生成し、ベルゼブブの竜巻にぶつけた。

魔法によって生成された氷は、ベルゼブブの竜巻すら凍結させる。

しかし憑依と地形のアドバンテージから、押しているのはベルゼブブのようだった。

凍結してもすぐに竜巻は復活し、氷塊を削っていく。

『チッ、威力不足かよ……サタン！　いつまで見てやがる！』

『騒ぐな。準備はできている』

「――――！」

アスタロトが時間を稼いでいる間に、魔王サタンは新たな魔法を詠唱していた。

頭上に生成されたのは巨大な隕石《いんせき》。

高熱を帯びた岩石が、ベルゼブブの頭上へと落下する。

『さぁ足掻《あが》いてみよ。できなければ潰れるぞ』

「なめるなと言ったはずだ！」

ベルゼブブは隕石に対抗するため、突風を隕石に集中させる。隕石を砕き、せき止めている。さすがの威力だ。

ただし――

『おいおい、そっちばっか集中していいのかぁ？』

「――くっ、このぉ」

アスタロトがフリーになり、氷塊の波はベルゼブブの半身を捕らえていた。

凍結によって動きが阻害され、氷を剥がすために魔力が分散する。

隕石に集中すれば氷を砕けず、氷に集中すれば隕石の落下を止めることができない。

どちらを選んでも逃げ道はない。

この二択に追い込まれた時点で――

『てめぇの負けだぜ。ハエが』

『リベンジはさせてやれなかったな。ハエの王よ』

「っ、おおおおおおおおおおおおおおおおおおお！」

頭上の隕石と足元の氷に挟まれて、ベルゼブブの姿は見えなくなった。

激しかった風も止まっている。

魔王に憑依された私とレグルスが、めちゃくちゃになった地形を空から見下ろす。

『おい、終わったぞ』

(ご苦労だったな。アスタロト)

『カッ！　偉そうにしやがって。まっ、暇つぶしにはなったからいーけどよ』

(退屈しのぎならまた機会もあるだろうぜ)

『そうかよ。んじゃ、期待しておいてやるよ』

私たちは憑依中、憑依相手と意思疎通をとることができる。

そのやりとりは本来、他人には聞こえない内向的なものだ。けれど、ポゼッシャーとしての実力が高く、憑依相手が強大な存在である場合、そのやりとりを聞くことができる。

私には魔王アスタロトとレグルスの会話が聞こえていた。

『余の仕事はここまでだ』

（ありがとうございます。何度もお呼びしてしまってすみません）

『構わん。元の世界へ戻る方法なら、そこのハエに聞けばよい』

魔王サタンが破壊された地形の底を指さす。

土煙で見えないけれど、そこに魔王ベルゼブブがいる気配は感じていた。

（生きてはいらっしゃるんですよね）

『当然だ。余らは魔王、この程度で死ねるなら、とっくの過去に遺物となっておろう』

（手を貸してくださるでしょうか）

『敗者は勝者に従うものだ。元より、奴らは契約で縛られているだけで、余らほど歩み寄ってはおらん』

（イルミナと魔王ベルゼブブは、友好的な関係を築けていないのですね）

『間違いなくな。戦いの最中、余ら以外への憤りを感じた』

私にはわからなかったけれど、同じ魔王同士には感じ取れたのだろう。

契約者であるイルミナへの憤りを。

嫌なのにどうして、彼女と契約を結んでいるのか。魔界ですら契約のために動く。しかもサタンやアスタロトと肩を並べる大魔王が。

一体どういう理由なのか。

何か弱みでも握られているのだろうか。

『時間だ。余らは戻る』

『またな。サタンと契約者の娘。今度はオレたちと遊んでいけや』

（えっと、機会があれば？）

（はっはっ！　そんな機会永遠に来なさそうだけどな）

私の身体からサタンが、レグルスの身体からアスタロトが消える。

タイミングを計ったように、瓦礫《がれき》の中からボロボロのベルゼブブが飛び出し、私たちの前に立ちはだかる。

「ふぅ……やってくれたな。人間ども」

「お互い様だろ？　魔王様」

「戦いは私たちの勝ちです。元の世界へ戻る方法を教えてもらえませんか？」

「……」

数秒の無言。

魔王サタンは、敗者は勝者に従うと言っていたけど、もしもまだ敗北を認めていなかったら……。

私たちは警戒し、最悪の場合、もう一度魔王を憑依させる準備をする。

もっとも連続で魔王の憑依は負担が大きい。できればやりたくないし、失敗する可能性も高まる。

ここで終わってほしい。

そう思う私たちを、ベルゼブブは鋭い眼光で睨む。

「セルビア！」

「リクル君！　みんなも」

避難していたリクル君たちが、戦いが終わったことを察知して戻ってきた。

リクル君はすぐに私の前に立ち、庇うようにベルゼブブを睨む。

「……この匂い、憎き天使のものか」

「――！」

「……」

ベルゼブブは気づいている。

私でさえ実際に見るまで気がつかなかったリクル君の秘密を。

天使は悪魔にとって一番の天敵だ。だからこそ、微《かす》かな匂いですら感じるのかもしれない。

ただ、これでわかったはずだ。

魔王二人だけじゃない。こちらには大天使の力もあると。

「……いいだろう。ワシの負けだ」

私とレグルスは安堵のため息をこぼした。

戦いは終結した。ここからは言葉による交渉、というよりもお願いの時間だ。

「ベルゼブブ様、私たちは元の世界に戻りたいんです」

「魔王なら方法くらい知ってんだろ」

「無論、方法ならある。同じことだ」

ベルゼブブが無数のハエを操り、空中の一か所に集める。長方形に広がり、大きな壁を形成した。

「来い、アバドン」

魔王の呼びかけに応じて、巨大なアギトと二つの赤い瞳が、ハエで作られた壁に浮かび上がった。

人間界と魔界を繋ぐ能力を持った悪魔アバドン。

イルミナが隠し持っていた奥の手の契約。

「アバドンはワシの配下の悪魔だ。再び食われることで、元の世界への移動も可能となるだろう」

「なんだ。簡単じゃねーか」

「簡単ではないぞ？　アスタロトの契約者」

「どういうことだ？」

「アバドンはワシの配下だが、同時にあの女の契約悪魔でもある」

その一言だけで、私とレグルスはベルゼブブの意図を察する。

同じビーストマスターで、召喚にも精通しているからこそ、すぐに気づくことができた。

「要するに、その命令は継続中ってわけか」

「イルミナの命令があるから、私たちを簡単には通してくれないんですね」

「そういうことだ」

「ど、どうするんすか！　ウチら帰れないってことっすか？」

リリンちゃんが声を上げて慌てている。ただ、そこまで焦る必要はない。ルイボスさんがメガネをくいっと持ち上げ、解説を始める。

「サモナーじゃないと馴染《なじ》みがないかもしれないね。契約による主従関係は絶対だよ？　ただし、それを上書きする契約を交わせば、前の契約を抹消できる」

「乗っ取れるんすか？　他人の召喚獣を？」

「やろうと思えば可能という話だよ。でも普通は不可能だ。明らかな力量差があって初めて成立する。ましてや相手はビーストマスターだからね」

「じゃあ無理じゃないっすか」

「一人ならな！」

レグルスが二人の会話に入り、私の隣にわかりやすく並んで立った。

「こっちには二人いる」

「契約はね？　二人同時にできるんだよ」

「そうだったんすか！　メガネ先輩、解説！」

「扱いの差……まぁいいか。可能だよ。二人で契約した場合、呼び出す際も二人必要になってしまうから、普通はやらないだけでね」

契約したい相手が一人では御しきれないほど強かったりする場合、複数人で共同契約を結ぶこともある。

現代ではほとんど使われない技術だけど、長い歴史の中で何度も実例がある。

「たぶん世界初だろうぜ？　ビーストマスター二人がかりで契約結ぶなんざな」

「こんなことでもないと、誰も考えませんから」

「だな。んじゃ、さっさとやっちまおう」

「はい」

アバドンの前に私たち二人が立ち、右手をかざす。

契約には二種類の方法がある。

一つは双方の同意の元、任意で契約を結ぶ方法。もう一つは強引に、力で契約を結ばせること。

契約を上書きする場合は、後者しか受け付けない。

アバドンが召喚の魔法陣で囲まれる。

「悪いな。お前の新しい主人は――」

「私たちです！」

レグルスの言っていたことを思い返す。

史上初めて、二人のビーストマスターによる共同契約を成立させた。

囲まれた魔法陣から鎖が伸びる。

アバドンに巻き付いているイルミナの鎖を、私たちの鎖がからめとり、引き千切っていく。

契約の上書きによって、イルミナの召喚契約は破棄され、私とレグルスが新たな召喚者として成立した。

「ワシが力を貸すのはここまでだ」

壁を生成していた無数のハエが散っていく。

壁がなくなったことでアバドンは消滅してしまった。

アバドンを召喚する、もしくは呼び出す場合は、平面を用意しなくてはならないルールが存在する。

「ワシは帰る。あとは好きにしろ」

「あの！」

立ち去ろうとする魔王ベルゼブブを、私は呼び止めていた。

自分でも、どうして呼び止めたのかと驚いている。聞きたいことはあるけど、それは当事者の問題だ。

「その……」

「なんだ？」

他人の私たちが口を出すべきことじゃない。

と、思っていたら代わりに――

「あんたが望むなら、オレとセルビアであの女との契約を上書きできるぜ」

レグルスがベルゼブブに提案した。

私がベルゼブブに聞きたかったのは、イルミナとの契約に不満があるのかどうか。きっとレグルスも気になっていたことなのだろう。

契約に従い私たちの邪魔をした魔王は、イルミナに対して憤りを感じていた。

不本意な介入だったのなら、それを強要されていたのなら、私たちがその契約を破壊することだって可能だ。

でも、ベルゼブブは私たちに背を向けたまま言う。

「必要ない」

後ろ姿が語っている。

それは強がりやプライドによる拒絶ではなくて、純粋に不必要だと告げている。少なくとも私にはそう見えた。

ベルゼブブはどこかへ飛び去って行く。

それを見送りながら、レグルスがあきれ顔で呟く。

「余計なお世話だったみてーだな」

「ですね」

憤りはあっても、彼は納得しているのだろう。

イルミナとの契約と、今の関係性に。

私とサタン、レグルスとアスタロトのような関係性とは違うけど、彼らなりに信頼関係を形成していることがわかって、少しホッとした。

弱みを握られている、とかじゃなさそうだ。

「さて、【サモン】――アガレス！」

レグルスが新たな悪魔を召喚した。

鰐《わに》のような顔の老悪魔は、時を操る能力を持っている。

「アガレス。世界移動の時、オレたちを元いた時間に戻るように調整してくれ」

アガレスは小さく頷いた。

「セルビア」

「はい」

私たちは口をそろえ、召喚術を発動させる。

「【サモン】――アバドン」」

地面に召喚された巨大なアギトと赤い瞳。

契約したてホヤホヤのアバドンが再登場し、帰還の準備が整った。

「いいか？　戻ったら目の前にはあの女がいる。わかるな？」

「そのまま戦いになるかもしれませんね」

「かも、じゃなくてなるんだよ」

「仕方ない。王城が壊れたら修繕すればいい。最優先は王城の外に被害を広げないことだ。各人、やるべきことを伝える」

「戦えない人は、ボクたちで誘導しよう」

リクル君とカルマ王子が中心となり、帰還後の役割分担を話す。

私とレグルスの役割は、もちろん決まっている。

「ビーストマスターは任せるぞ。セルビア」

「うん」

「やり過ぎには注意してね？　あそこは他国だから」

「わかってるよ。加減してやる」

アバドンのアギトが開く。

と同時に、アガレスが能力を発動させ、巨大な時計が私たちの背後に現れる。
時計の針が逆回転を始めた。
時間が巻き戻り、私たちは世界を移動する。
次に景色が変わった時が……。

開戦の合図となる。

第四章

イルミナがノーストリア王国に現れる十数分前。

彼女はノーストリア王国の国境を訪れていた。

「イルミナ様！　我々の準備は整っております」

「そう」

彼女は一人で来たわけではなかった。

背後には大部隊が編成され、ウエスタン王国が誇る宮廷調教師たちに加え、世界最大となった騎士団も動員されている。

これまで他国の侵攻で活躍してきた歴戦の騎士たち。

ウエスタン王国で管理されている魔獣や精霊も召喚され、軍勢は一個の巨大な生物のように、規則正しく整列している。

大部隊を指揮するのは、ウエスタン王国の騎士団長だった。

「そろそろ行くわ」

「はっ！　我々はこのまま待機していればいいのでしょうか？」

「ええ、合図があるまでは待機していなさい。勝手に動いてはダメよ？」

「心得ております」

自分よりも一回り以上年齢が下なイルミナに対して従順である。

彼は実力で今の地位に成り上がった。元々プライドの高い人物だが、それでも理解している。

ビーストマスターの存在がどれほど大きく、彼女たちの力が規格外であるかを。

故に決して怒らせてはいけない。

自分たちは彼女の補助として戦場にいることを自覚している。

「じゃあ行ってくるわ」

「ご武運を」

イルミナはゆっくりと歩き去っていく。

悪魔の力で転移するまで、その後ろ姿をしっかりと見つめていた。

力の差だけではない。

彼も男だ。美しき女性に、魅惑のオーラを持つイルミナに、少なからず下心を持っている。

ウエスタン王国の多くの人々が、イルミナの女性としての魅力の虜《とりこ》になっていた。

そして、彼女が単身ノーストリア王国の王城に侵入した。

セルビアを始め、もう一人のビーストマスターであるレグルスの存在も、事前の情報で得ている。

勝負は一瞬で決まる。

対応される前に、彼らを魔界へ転送することができなければ、彼女たちの計画は破綻してしまう。

「【サモン】――アバドン」

事前にアバドンを召喚し、アギトを閉じて潜ませていた。

会議室へ突入後、すぐにアバドンを部屋の天井に移動させ、彼女たちが対応する前にアギトを開かせる。

「ご機嫌よう、皆さん」

「――!?」

「あ、あなたは――」

「イルミナ・ヴァンティリア!」

突然の彼女の登場に驚く面々。

しかし唯一、レグルスだけは瞬時に対応しようと動いた。

(さすがに速いわね)

レグルスは旅の中で多くの出来事を経験し、もっとも戦場に立ったビーストマスターである。故に突然のトラブルにも慣れている。

動じず、己のやるべきことを判断し、行動に移す力がある。

それをイルミナは知っていた。

「わざわざやられに来たのか？　女狐《めぎつね》！」

「あら？　相変わらず野蛮な人ね。でも、遅いわ」

「――なっ！」

だから備えていた。

彼ですら間に合わない速度で、アバドンのアギトが開き、彼らを食らう。

「食らいなさい。アバドン」

巨大なアギトは閉じて、その場にいた彼女以外の全員を飲み込んでしまった。

アバドンのアギトは魔界へと通じている。

召喚や憑依《ひょうい》の力を使わず、人間界と魔界を繋《つな》げる唯一の力。

彼女だけが持つ切り札をここで使用した。

これは一つの賭けだった。

「……さぁ、どうかしら」

アバドンで魔界へ移動させれば勝利、とはいかない。

ただの人間や、並みの調教師ならば、魔界へ送られた時点で二度と戻っては来られないだろう。

唯一の移動手段であるアバドンは、イルミナが契約で縛っている。

アバドンの力で人間界へ戻るためには、アバドンと契約してイルミナの契約を無効にするしか方法はない。

敵は二人のビーストマスター。

プライドの高い彼女でも、自身と同じ立場の人間が、簡単に終わることはないと知っている。

自分ならば対応するという自信が、彼らに対する警戒心へと直結していた。

魔界へ飛ばすだけでは足りない。

彼女たちを魔界へ留《とど》まらせるために、彼女はもう一つの賭けにでていた。

「頼むわよ。ベルゼブブ」

魔界の三大支配者の一人、魔王ベルゼブブとの契約である。

彼女が持つ手札の中で、もっとも強大で信頼できる存在。本来なら、人間の立場で命令することなどできない。

憑依と召喚契約があろうとも、魔界の行動まで縛ることはできない。

だから彼女は取引をした。

今後一切、ベルゼブブを彼女の意思で憑依、召喚を行わない代わりに、魔界でセルビアたちと戦うことを。

彼女にとって最大の戦力を失う選択。

その引き換えに、魔界での命令権を一時的に獲得した。

だが……。

「――!?」

サモナーとしての彼女が異変に気づく。

(アバドンの契約が解除された……)

「……負けたのね。ベルゼブブ」

イルミナは瞬時に、魔界でのベルゼブブの敗北を悟った。

深呼吸をして心を落ち着かせて、彼らが戻ってくることを予測し、身構える。

作戦は失敗した。

と、彼らは思うだろう。

しかしここまで、イルミナたちの――

「計画通りね」

ニヤリと笑みを浮かべるのは、彼女一人だけではなかった。

◇◇◇

アバドンとアガレスの能力を同時に使用し、時間を巻き戻しながら世界を移動する。

その感覚は、正直少し気持ちが悪い。

全身を襲う浮遊感と、背筋が凍るような寒気が同時に襲い掛かる。

「うっ、気持ち悪いっす」

「吐かないでくださいよ」

「吐いたら後輩の服にかけるから平気っすよ」

「何が平気なのか教えてもらおうか？」

アトラスさんとリリンちゃんは平常運転だ。

戻ったらすぐに戦闘が始まるかもしれない。私は緊張していた。

「いつもすまないな」

「リクル君？」

「肝心な時に、セルビアにばかり負担をかけてしまう。本当は俺も……」

一緒に戦いたい、とリクル君は言ってくれた。

その気持ちだけで嬉《うれ》しい。

彼には立場があり、故に秘密を守ってきた。

「大丈夫だよ。私は私がやるべきことをするから」

「……そうだな。俺も、俺がすべきことを全うしよう」

それでいい。

私はビーストマスターとしてこの国にいる。リクル君は第一王子として、国の代表としての立場がある。

簡単に捨てられる肩書や地位ではない。

それに、私は彼のことを信じている。

何の契約もなくとも、彼はいつだって私の味方でいてくれると。

「必ず守ろう。私たちの国を」

「ああ」

そう、私たちの国だ。

誰であろうと、好き勝手にはさせない。

堅い決意と覚悟を胸に、アバドンの世界移動が終了する。

次に視界が晴れた時、私たちは会議室に戻ってきていた。

魔界にいた期間は短く、時間にして数時間しか経過していない。にもかかわらず、とても懐かしい気持ちになった。

「戻ってこれたっすね！」

「僕たちが話し合っていた部屋だね」

「イルミナは！」

アトラスさんがかつての上司を捜し、見つける。

彼女は部屋の扉を背にして立ち、残念そうな顔で私たちのことを見ていた。

「やっぱり戻ってきたわね」

「おうよ！　中々に面白い体験だったぜ？　女狐」

「魔界は快適だったかしら？　筋肉だるまさん」

「そこそこだな。大歓迎してくれてありがとよ。おかげで身体《からだ》は温まってる」

すでにレグルスは臨戦態勢を取っていた。

私も、彼の隣に立ち、イルミナを見据えて言う。

「ちゃんとお会いするのは二度目ですね。イルミナさん」

「そうね。二度もベルゼブブを退けるなんてやるじゃない。さすがは私と同じ」

私とレグルスがイルミナを警戒している背後で、二人の王子が行動を開始している。

「俺はこのまま父上に報告へ向かう」

「ボクも同行しよう。連絡手段はあるから、ソーズ王国とも通信して援軍を送ってもらうよ」

「感謝する。リリンとルイボスは予定通り、宮廷に戻ってくれ」

「了解っす！」

「わかりました」

彼ら二人の役割は、宮廷で管理している生き物たちの安全を確保することだった。

そしてアトラスさんの役割は……。

「俺は市民の安全を確認すればいいんですよね？」

「ああ、頼んだぞ」

「わかりました」

アトラスさんは瞬間移動が使える悪魔を憑依できる。

ウエスタン王国の兵力が、この機会に乗じて王都に侵入していないか。街の中と外を回り、安全を確保する。

それを最も速く行えるのがアトラスさんだった。

早く部屋から出たいが、唯一の出入り口はイルミナの背後にある。

私たちがイルミナを上手《うま》く誘導できれば……。

「作戦失敗だな。オレらを魔界に閉じ込めて、その間に好き勝手するつもりだったんだろう？」

「ふふっ、そう思うのは勝手よ」

「あん？　違うって言いたいのか？」

「半分は正解よ」

「半分……？」

私たちを魔界へ閉じ込めることが目的じゃなかったの？

だったら一体……。

「何のために私たちを……」

「もちろん、ウエスタン王国が勝利するために、必要なことだったのよ」

「そいつは失敗しただろうが。オレたちは戻ってきたぜ？　ビーストマスター二人ともピンピンしたままな」

「このまま戦えば、私たちが勝ちます」

私もできれば戦いたくはない。

王城を壊すことになるし、何より私は争いごとを好まない。

戦わず、手を引いてくれるなら、私たちも彼女を見逃すつもりでいた。

しかし、彼女は不敵に笑う。

「確かにそうね。まともに戦えば、二人を相手になんてできないわ」

「なら」

「侮られたものね？　私がその程度のことを予測できなかったと思っているの？」

「何？」

「それは……」

「計画通りよ？　ねぇ、スカール」

「「――!」」

彼女の背後の薄い影が濃くなり、影の中からスカールが現れる。

印象的な仮面をした謎の人物が。

不思議には思っていた。戦力的に覆らないと理解しながら、どうしてビーストマスターが二人いる私たちに攻め気の姿勢を見せられたのか。

彼の存在が浮かんだことを、今になって思い出す。

私の予感は、どうやら正しかったらしい。

ウエスタン王国は、イルミナは、スカールと手を組んでいた。

「久しぶりだね?　セルビア」

「スカール……イルミナさんと手を組んだんですね」

「はい。利害が一致したので」

「これで二対二よ。さぁ、始めましょう」

イルミナがパチンと指を鳴らす。直後、まばゆい光が部屋を包み、そのまま大爆発を起こした。

爆発によって破壊された部屋から、アルゲンに乗って私は飛び出す。

「リクル君!　みんなは!」

「心配すんな」

遅れてレグルスが土煙から姿を見せる。彼も無傷のようだった。服についた土やほこりを手で払いながら言う。

「あいつらは移動した。アトラスが全員まとめて瞬間移動してたぜ」

「アトラスさんが！　よかった」

さすがの手の早さだ。

アトラスさんが私たちの味方になってくれて本当によかった。

瞬間移動で逃げたのなら、リクル君たちは大丈夫。彼らは彼らの役割を始める。

「オレらはこっちに集中するぜ？」

「はい！」

イルミナとスカールが私たちのことを見下ろしている。

「無傷ですか。さすがだね」

「今ので倒せるなんて思っていないわ」

「当たり前だろうが！　オレたちを誰だと思っていやがる！」

「知っているわ」

レグルスが先に動く。

すでに憑依を発動させて、ルキフグスの能力を発動していた。

あらゆる宝物の中から大剣を取り出し、向かった先はイルミナではなく——

「私の相手を?」

「あんたからは血の匂いがするからな!」

「へぇ、随分と鼻が利くんだね?　まるで獣みたいだ」

「そいつはどうも!」

レグルスがスカールと戦闘を開始したのと同時に、イルミナが動き出した。

「【サモン】――デビルパイソン」

召喚されたのは漆黒の大蛇。

吐く息と牙に猛毒を持ち、その毒は鋼鉄をも腐敗させると言われている。

「【サモン】――パリカ!」

星降る魔女パリカ。その能力は、隕石《いんせき》を生成して降らせること。

召喚されたパリカの頭上には無数の隕石が生成され、デビルパイソンに降り注ぐ。

隕石を受けたデビルパイソンは、痛がりながら地面に落下していき、衝突する前に消滅した。

「やるじゃない」

「イルミナさん……」

こうしてまた、彼女と対峙《たいじ》することになるとは……思わなかったと言えば嘘《うそ》になる。

「いずれこうなる気はしていました」

「奇遇ね？　私もよ」

「イルミナさん、あなたは何のために戦っているんですか？」

「もちろん国のためよ。王国の守護と繁栄が、私たちビーストマスターの役目でしょう？」

そう言って笑みをこぼす。

私にはわかる。彼女の言葉に、心が籠もっていないことが。

「嘘ですね」

「あら、よくわかったわね」

「わかりますよ。だってイルミナさんは、国のことが好きじゃありませんよね？」

「……どうしてそう思うの？」

「私もそうだったからです」

セントレイク王国に生まれ、王国のために働き続けていた。

それが役割だからと、そうすることが義務なのだと、自分に言い続けた。

私はいつしか、王国そのものに不信感を抱くようになった。

そういう人の心は、目を見れば何となくわかる。別に特別な力とかじゃない。ただ、シンパシーを感じるだけだ。

今ならハッキリとわかる。私は……セントレイク王国が嫌いになっていたのだと。

「あなたがそうなのかはわかりません。でも、本当に王国が好きで、王国のために戦っているようには見えませんでした」

「ふふっ、そうね。私は、私のために戦っているだけよ」

「自分のため……」

「そう。私が私であるために。王国も、人も、富も、名声も。私は全てがほしい、やりたいと思ったからここにいるわ」

彼女を動かしているのは、人なら誰でも持っている欲だ。

あれがほしい、これもほしい。もっと、もっと手に入れたいという純粋な欲望が、彼女の原動力になっている。

彼女にはそれらを手に入れるための力が備わっていた。

故に彼女は手に入れてきたのだろう。自分が欲したものを。

「この戦いに勝って、あなたは何を得ようとしているんですか？」

「さっき言った全てよ」

「もう……十分にあるじゃないですか」

「そうね。でも、私は一番がいいのよ」

語りながら、イルミナは私に人差し指を向けた。

「あなたがいる。あの筋肉だるまもね」

「ビーストマスターが、自分以外にいることが不服なんですか？」

「不服よ。私は自分が特別であってほしいの。私の価値を、意味を脅かす相手なんていてほしくないわ」

「……」

自尊心、プライドを守るために……。

「戦争を起こすんですか」

「必要ならね」

「……そのせいで、多くの人が苦しみ、傷つくとしても？」

「それは仕方のないことよ。弱者は強者に従うものよ。それに勝てばいいじゃない。勝てばいい思いができる。戦争を望んだのは私だけじゃないのよ」

「それは……そうだとしても！」

戦争が起これば、人々の暮らしは一変するだろう。

平穏は破られ、恐怖と不安が支配する。

そんな世界を望む人が、果たしてどれだけいるだろうか。

少なくとも私は、力があっても望まない。

「あなたは間違っています」

「他人に理解されたいとは思わないわ。私は私のために生きる。私の行いに文句をつけないでちょうだい」

「言いますよ！　だってここは、私たちの国ですから！」

私は背後にグレータードラゴンを召喚する。

それに対抗するように、イルミナも召喚を発動し、背後には八つの頭を持つ蛇の怪物が召喚された。

ウロボロスと並び、再生と破壊を象徴する怪物ヤマタノオロチだ。

「そうだったわね。じゃあ、退いてもらおうかしら？」

「退きません！　あなたが帰ってください」

「もちろん嫌よ」

「だったら強引にでも、出て行ってもらいます！」

グレータードラゴンとヤマタノオロチが激突する。

続けてさらに召喚を発動し、互いに手数の多さで勝負を始める。

私たちビーストマスターはたった一人で軍勢を作ることが可能だ。それを体現するように、次々に召喚陣を展開した。

「手数勝負で私に勝つつもりなのね」

「はい！」

手数には自信がある。

セントレイク王国で働いていた頃から、多くの魔獣や精霊と契約していた。

今後の役に立つようにと、王国から提案された契約も多数ある。

ここに来て、セントレイクで培《つちか》ったものが活《い》きてきたのは、少し複雑な気分だ。

「――――！」

何だろう？

王城の外が騒がしい。宮廷から魔獣が外へ出ている？

脱走しているわけじゃない。あれはリリンちゃんたちの指示だ。

つまり……。

「外に仲間がいるんですね」

「ええ、たくさんいるわ」

「私たちがいない間に、この国を制圧するつもりだったんですか！」

「そうしたかったわね」

私たちを魔界に閉じ込めて、不在となった王都をウエスタン王国の勢力で制圧し、取り込むことが狙いだったのか。

しかしその思惑は、私たちの帰還によって阻止された。

「手を引く気はないんですか？」

「ないわよ。勘違いしないでほしいわね？　私たちは失敗なんてしていないわ」

「……」

「ほら」

「――！」

レグルスに視線を向ける。

額から血を流し、呼吸を荒らげながら剣を構える姿が見えた。

「ふぅ……」

「呼吸が乱れているね？　お疲れなら休んでも構わないよ」

「はっ！　余計なお世話だ！」

「そうか。まだ元気なら付き合おう」

「レグルスさん……」

「苦戦しているみたいね」

スカールが何者なのか、まだわかっていない。

わかっているのは、彼が普通ではないこと。現代では忘れ去られた禁忌を使い、才能を持たない者をポゼッシャーに変えてしまう。

そんなことができる人物の危険性を、レグルスは初対面で悟ったのだろう。

だから真っ先に、イルミナではなくスカールへ攻撃した。

私も感じていた不気味な強さ……スカールの実力は、私たちビーストマスターに匹敵することが、今証明されていた。

「あなたもよ？　随分と消耗しているわね」

「……」

「サタンはどうしたの？　憑依させれば、この程度の数は一瞬で終わるわ」

それはできない。

憑依は一度使うと、次に使用可能になるまでインターバルが発生する。

加えてサタンほど強大な存在を、連続で憑依させれば精神と肉体が摩耗してしまう。

そういうことか。

彼女の……いいや、彼女たちの狙いは、私たちを魔界に閉じ込めることじゃなくて。

「消耗させることだったんですね」

「ええ。あわよくば、あのまま魔界に留まってもらえたらと思ったわ。そのために保険も用意しておいた」

ならば確かに、彼女たちにとっては計画通りだろう。

私とレグルスはベルゼブブとの戦闘で、互いに切り札と呼べる魔王の憑依を使ってしまった。

使いたくてもすぐには使えない。

急いでいたから、休む間もなくこの世界へと戻ってきてしまった。

「レグルスが時を戻す悪魔と契約していることは知っていたわ。足止めを振り切って、この世界の今の時間に戻ってくることも予測ができた」

「……」

「休んでから来るべきだったわね。せっかちなのよ」

「そうかもしれません」

アガレスの能力で時間が巻き戻せるなら、一度休息を入れるべきだった。

もっとも、魔界は危険な場所だ。

どこへ行こうとも、安息の地などなかっただろう。

そうじゃなくても、私たちは皆、心のどこかで焦っていたのだと思う。私たちの国に危機が迫っている。

どうにかしなくちゃ、早く戻らなくちゃと思ってしまった。

焦りが冷静な判断を鈍らせていたらしい。

「でも、あなたもですよね？」

「……」

ずっと違和感を覚えていた。

なぜ彼女は、ベルゼブブを憑依させない？

私が消耗している今なら、ベルゼブブを憑依するか、召喚すれば一気に形勢は傾くだろう。

そうしない理由は？

「ベルゼブブに魔界で戦ってもらうために、何か条件を出したんですね」

「さぁ、どうかしら？」

イルミナは誤魔化して笑みを見せる。

おそらく何らかの条件付きで、魔界でベルゼブブに命令する権利を手に入れたのだろう。

召喚、憑依契約の解除とか。一時的に使えなくなるみたいな条件だと予測する。

そうでないなら、とっくにベルゼブブの力を借りているはずだ。

「もしそうだとしても、あなたが不利なことに変わりはないでしょう？」

「不利じゃありません。条件は一緒です」

互いに切り札が使えない状況なら、どちらにもアドバンテージはない。

私は召喚のペースを上げる。

「――――！」

「見くびらないでください。このくらいの疲れ、セントレイク王国にいた頃は毎日だったんです」

片付けても片付けても、一向に終わらない仕事の山。

大国を支える生き物たちを、たった一人でお世話しなければならない過酷な労働環境。

睡眠だってとれない日があった。

疲れすぎて、自分がどのくらい疲れているのかわからなくなるほど、感覚がマヒしていったこともある。

心から思う。

こんなにも最悪な学習経験はほしくなかった。有難いとも、働けてよかったとも微塵《みじん》も思えない。

絶対にあの頃には戻りたくない。

「苦労していたみたいね」

「そうですね。大変でした」

「そのセントレイク王国も、今は私の傀儡《かいらい》よ。あなたはどう思うかしら？」

「どうも思いません！」

セントレイク王国の事情なんて、今の私には関係ないことだ。

同盟を結ぼうと、取り込まれようと……仮に国がなくなったとしても。

「自業自得《じごうじとく》ですから」

「あら、冷たいことを言うのね？　生まれ故郷よ」

「だから怒っているんです」

愛着もわかない生まれ故郷に、嫌な思い出ばかりが残っているあの場所に。

私はもう二度と戻らないし、戻りたくもない。

私が生きる場所はここだ。

ノーストリア王国こそが、私が生涯をかけて尽くしたいと思える国になった。

「セントレイクのことは、セントレイクが考えるべきことです！　今の私がすべきことは、あなたからノーストリアを守ることですから」

私は私の役目をする。

リクル君とも約束したんだ。

必ず守ってみせる。私たちの平穏を、この地で暮らす人々の日常を。

私はもう、ノーストリア王国のビーストマスターなのだから。

「これ以上好きにはさせません！」

「止められる気でいるのね。二度目はないわ」

「何度でも止めます」

私たちは力をぶつけ合う。

ここで彼女を止めることができれば、不必要な侵略も、戦争の多くも回避できるかもしれない。

それは結果的に、セントレイク王国を解放することにもつながるだろう。

意図しているわけじゃない。

ただ結果的に、私がセントレイク王国を助けることになるなら、それを嫌だとは思えなかった。

嫌な思い出ばかりなのに、嫌いになっていたはずなのに。

私の心の奥底には、あの場所で生きた記憶が永遠に残り続ける。

その全てが消えてしまうことに、少なからず寂しさを感じている部分はあるのかもしれない。

これまで歩んできた人生、その大半を過ごした場所だ。

どれだけ嫌いになろうとも、二度と戻らないと誓っても、その縁は切れないのだと改めて実感した。

ともあれ、私の心は変わらない。

ノーストリア王国を、彼女たちから守り抜くために。

「絶対に負けません！」

「いいわね。抗《あらが》ってみなさい」

戦いは激化する。

◇◇◇

セルビアたちが戦闘を開始した頃、街と外の安全確認に向かったアトラスは、王都の外で待ち伏せている大軍を発見した。

「やっぱりいたか……」

イルミナが単身で乗り込んでくるのは不自然だった。

彼女の役割はきっかけを作り、本命である大部隊でノーストリア王国を侵略することだったのだろう。

アトラスは瞬間移動で王城へと戻る。

ノーストリア国王とリクル、そしてカルマが話し合っている場に移動したアトラスは、手に入れた情報を共有した。

「――って感じで、外にかなりの数が待ち伏せしてますね」

「動く気配は？」

「準備万端って感じでした」

「おそらくだけど、合図を待っているんじゃないかな？」

カルマが予測する。

外の大部隊はイルミナが合図するのを待っている。合図するタイミングは、中での戦闘が終わった直後。もしくは……。

「均衡が続くなら、場を動かすために突入させるだろうね。そうなったら全面戦争かな」

「それだけはさせない。ルイボスたちにも連絡して、外にテイムした魔獣たちを配置してくれ。一歩たりともこの街には入れるな」

「わかりました。俺はどうすればいいですか？」

「偵察と報告、それから戦闘になったら二人を守ってくれ」

アトラスは頷《うなず》き、ルイボスとリリンがいる宮廷へと走った。

残ったリクルとカルマも作戦を考える。

「連絡は通っているよ。でも距離も距離だし、増援が到着するにはかなり時間がかかるかな？　セルビアの力を頼りたいところだけど」

「彼女は今、イルミナを抑えている。こっちに回る余裕はないだろう」

「レグルスもいるのに拮抗《きっこう》している。伏兵がいたみたいだね」

「たぶん、スカールだ」

「スカール？　以前にセントレイク王国と関わっていた謎の人物だね。イルミナと手を組んでいたのかな」

「わからない。今は考えるより行動しよう」

国民への共有と、避難誘導を優先する。

外の守りは騎士団と宮廷調教師の面々に任せ、王子たちは動ける者たちを集め、街へと向かう。

彼らの行動は全てが保険だった。

セルビアとレグルスが無事に勝利すれば、激しい戦争に発展する前に止めることができる。

仮に彼らが敗れた場合、ノーストリア王国はウエスタン王国に取り込まれるだろう。

この国の命運は、ビーストマスターたちに託された。

◇◇◇

「はぁ……っ……」

「そろそろスタミナ切れかしら?」

「……お互い様です」

「……さすがに疲れたわね」

イルミナの頬を汗が流れ落ちる。

疲労しているのは私だけじゃない。連続召喚で精神をすり減らし、魔力もかなり消耗している。

イルミナの表情を見れば、彼女がいかに疲れ始めているかがわかった。

まだ拮抗しているけど、緊張の糸が途切れたら最後だ。

レグルスも、苦戦しつつスカールを抑えている。

「どうしたよ。動きが鈍くなってきやがったな」

「そういう君は元気だね」

「やっと身体が温まってきたからなぁ！」

「子供かな？　まったく疲れる」

依然としてパワーバランスは保たれていた。

どちらかが先に戦闘を終えて、もう一方に加勢することができれば、形勢は一気に傾くだろう。

気がかりなのはスカールの実力だ。

実際に戦っているのはレグルスで、遠目で少しだけ確認した程度だから確証はないけれど、彼は本気を出していない。

のらりくらりと、レグルスの猛攻をしのいでいる。

呼吸は荒くなっているけど、焦ったりはしていないし……。

まるで、何かを待っているようだった。

（……不気味だ）

仮面の下は一体どんな顔をしているのだろう？

あまり人間を信用しないほうがいい。彼が私に残した言葉も気がかりだ。

「よそ見なんて余裕ね」

「――――!」

気になるけど、こっちにも集中しないといけない。

私が負ければレグルスの奮闘も無意味になるのだから。

「そんなに気になるかしら?」

「気になりますよ。イルミナさんは彼のことを知っているんですか?」

「さぁ? どこの誰なんでしょうね」

「……知らずに手を組んだんですか?」

「素性も目的も知らないわ。利用できるなら利用する。それだけよ」

彼女たちの間に、信頼関係などはない。

利害の一致。それだけが、彼女たちを繋げる唯一の要素なのだろう。ならば利害とは何か。スカールの目的は?

不安が過《よぎ》る中、盤面に変化が生まれる。

「あ?」

「何!?」

空が暗転した。

昼間だというのに夜空のように黒く染まる。しかし地上は明るいままで、太陽は消えたのに、光だけは残っている。

何かを召喚した？

これもイルミナの作戦なの？

「何なのこれ？　あなたたちの仕業《しわざ》かしら？」

「イルミナさんじゃないんですか？」

「知らないわね」

彼女じゃない？

私やレグルスでもない。ならば答えは一つだった。

三人の視線が、スカールに向けられる。

「頃合いだね」

スカールは両手を広げた。

直後、彼の背後の空間が縦に割れて、黒い空間の狭間《はざま》が生成される。アバドンと似ているが形状が異なる。

「オレたちを魔界に戻す気か！」

「いいや？　もっと悲惨な場所に招待しよう」

黒い狭間から影の手が伸びる。

影の手は私の腕を掴《つか》み、振り払おうとしても実態がなくて掴めない。

「なんだこりゃ？　掴めねーのに触れられてるぞ！」

「す、すごい力……」

まずい、このまま引きずり込まれたら……。

「スカール！　どういうつもり!?」

「――！」

影の手に捕らえられているのは、私やレグルスだけではなかった。

味方であるはずのイルミナも、影の手に掴まれて動けなくなっている。

「私は君の味方じゃないよ」

「スカール……」

「利用し利用される。そういう関係だったはずだ。この時を待っていたよ」

「なんですって？」

「ビーストマスターが三人同時に疲弊する今こそが、私の計画を進める好機と見た！

さぁ招待しよう。私が知る最低の地獄へ」

私たちは影の手に引っ張られて、黒い亀裂の中へと吸い込まれていく。

「くっそっ！」

「放しなさい！」

「っ……」

リクル君、みんな――

振りほどくこともできず、私たちは揃《そろ》って吸い込まれた。

◇◇◇

アバドンとは違う感覚が襲う。

身体がヒリヒリと痛みを感じ、呼吸が苦しく、全身が鉛のように重たい。

船酔いしているような最悪の気分だ。

意識がもうろうとする中、私たちは硬い地面に転がる。

「痛っ」

「ったくそ、どこだよここ」

「最悪だわ。服が汚れたじゃない」

レグルスはすぐに立ち上がり、イルミナは状況よりも服が汚れてしまったことに怒っている。

マイペースなところは二人とも共通していた。

「冷静ですね」

「ん？　セルビアもだろ」

「私たちはついさっき、魔界に飛ばされた経験があるので」

「あら？　私のおかげでいい経験ができたわね」

「調子乗んなよ、女狐」

「ボロボロの癖に強がらないほうがいいわよ。格好悪いわ」

　この二人は普通に仲が悪いみたいだ。

　確かに性格は合わなそうだと納得する。

「あの、二人とも喧嘩《けんか》より先にここがどこか調べましょう」

「ここは未来だ」

「「「――――！」」」

　スカールの声に全員が注目する。

　と同時に、驚かされた。彼は仮面を取っていた。

「お前、その顔……」

　彼の顔の左半分は大きな傷で覆われていた。火傷《やけど》のように爛《ただ》れていて、切り傷のように太い線が入っている。

　明らかに、日常生活でつくような傷じゃないし、病気という感じもしない。

　レグルスが言う。

「戦いでついた傷っぽいな」

「その通りだよ。戦争で負った傷だ。味方からのね」

「味方……？」

「そうだよ？　セルビア、人間はすぐに嘘をつく生き物なんだ」

彼は優しく微笑《ほほえ》んだ。

その笑顔は悲しみに満ちていて、見ているこっちが辛《つら》くなる。

「未来と言ったわね」

イルミナがスカールに尋ねた。

スカールは小さく頷き、周囲を見回すように視線を誘導する。

私たちはようやく、周囲の景色に気づいた。

そこは荒野だった。

何もない。地面は枯れて時間も経過しているのだろう。生気を失った自然の中で、私たち以外の生物の姿はなかった。

「ここが未来の世界。君たちが生きている時代から、大体千年ほど経過したのがここだよ」

「千年だと？　お前……未来人だったのか？」

「そうだよ。私は千年後の世界で生まれた人類史上最後のビーストマスターだ」

「――！　私たちと同じ」

「ビーストマスターだったのね」

「まっ、今さら驚きもしねーよ。あんだけ戦えりゃな」

レグルスが一番納得している様子だった。彼はスカールの実力を肌で感じている。

ビーストマスターに対抗できるのは、同じ立場の存在だけだ。

私も薄々感じていた。彼も同じなのかもしれないと。

「でも、未来なんですか？　ここが？」

「信じられないかい？　セルビア」

「はい。だって……」

何もない。

こんなにも寂しくて、悲しい場所が世界にあることに驚かされた。

これなら魔界のほうがマシだった。独特の生態系だけど、魔界には命が生まれていた。

だけどこの地は……完全に死んでいる。

「どうしてこんな……」

「戦争だよ」

スカールは語り始める。

荒野を歩きながら、私たちに背を向けて。

「ここにはかつて、街があったんだ」

大地を踏みしめてそう呟《つぶや》いた。

街があった。疑わしいと思えるほど、街の痕跡は一切ない。

私たちは話を聞くために、スカールの後に続く。背中を見せている今なら不意打ちで倒せるかもしれない。

ただ、彼を倒しても私たちが元の時代に戻れるかわからない。

レグルスの契約悪魔アガレスの力を使っても、千年以上前の時代には戻れない。

戻る手段を知っているのは、この場でスカールだけだ。

今は流れに任せるしかないと、全員が悟っていた。

「大きな国だったよ。それこそ、今のウエスタン王国くらいの規模があった。たくさんの人も住んでいた。ちょうど五十年前だ」

「五十年……」

「お前何歳《いくつ》なんだ？」

見た目から推測できる年齢は、二十代後半から三十代前半くらいだろうか。

とてもじゃないけど老人には見えない。

「二十七の時点で、私の時間は止まっているよ」

「悪魔の能力で不老になったのね」

「そんなにいい話じゃないよ。今の私は、生きる屍《しかばね》のようなものだからね」

「それって……」

死霊……アンデッド化している？

悪魔の中には、人間をアンデッドに変える力を持った者がいる。その力を使えば、不老の存在にはなれる。

ただし、二度と人間には戻れなくなる。

「アンデッドになったわけか」

「いいじゃない。人間に戻れなくなるだけでしょう？」

「だけでしょうって……」

そんな風に言えるイルミナの精神に驚かされる。人間を捨てるということは、今の私には考えられない。

「君のような人はそう思うだろうね？　でも、それだけがリスクだと思うかな？」

「他にもあるのかしら？　あったとしても、自分の目的を果たすための手段なら、それがどうしても叶《かな》えたいものなら、私は選ぶわよ」

改めて凄《すご》い人だと思った。

イルミナはキッパリと宣言して、それが虚勢や嘘ではないと私にも伝わる。きっと彼女ならそうする。

目的のための手段として、最善だと思うのなら。

スカールは少し呆《あき》れたように笑い、言う。

「失うものが、自分の存在全てだとしてもかな？」

「――？　どういうこと？」

「消えるんだよ。アンデッドになった時、人間として歩んできた記録も、記憶も、あらゆる痕跡が世界から消えてしまう。それはすなわち、世界からの自分という存在の消滅を意味するんだ」

「……」

「ゾッとするだろう？」

自分の存在が、歩んできた道のりの全てが消えてしまう。

リクル君との出会いも、みんなとの思い出も、ただ消えるのではなく、最初からなかったことになってしまう。

確かにゾッとする。私なら絶対、そんな道は選べない。

けれど彼は……。

「選んだんですね」

「そうだよ、セルビア」

「どうして？」

言葉から伝わってくる。その選択が彼にとって、心からのものではなかったと。

「そうするしかなかったのさ。生き残るためには……人間を捨てるしか」

「……何があったんですか？」

「裏切られたんだよ。私が仕えていた人類国家。その国王と部下たちに、私は嵌《は》められ殺されそうになった」

スカールが語る。

彼は世界唯一のビーストマスターとして国に仕え、王国の繁栄と未来のために尽力していた。

輝かしい日々だった。

しかし国王や権力者たちは、彼の強大な力を脅威だと感じていた。

その矛先が自分に向いてしまう前に、早めに処理をしておこうと考えた。そうしてスカールを罠《わな》に嵌め、致命傷を負わせた。

「苦しかったよ。身体よりも、心が痛むんだ。信じていた人に裏切られる……これほど悪いことはない」

「復讐《ふくしゅう》のためか？　アンデッドになったのはよぉ」

「その気持ちもあった。でも当時の私は、まだ人間を信じていたんだ」

国王は勢力を拡大するため、他国の侵略を計画していた。

争いによる犠牲が多くならないように、国王を止めていたのがスカールだったらしい。

このまま自分が死ねば、多くの人が戦火に巻き込まれて死んでしまう。

それを止めることも、力を持った自分の責務だと考えたスカールは、アンデッドとなり国王を止めるために行動した。

その過程で、王国と戦うレジスタンスと出会い、協力して国を変える道を進んだ。

だが……。

「私はまた裏切られた。利用され、アンデッドは怪物だと罵られ、剣を向けられた。全て彼らに話していたんだ。私が誰で、何があったのか。でもね？　誰も心から信じてはくれなかったんだ」

彼がビーストマスターだった過去は、世界から消えている。

いくら栄光を語ろうと、真実だろうとも、その真実は世界には存在しない。あるのは、彼がアンデッドであり、強大な力を持つことだけ。

故に恐れられ、牙を向けられた。

「絶望しかなかった。二度も裏切られるなんてね……それ以上に、私は見てしまったんだ。私利私欲のために力を求め、使い、弱者を屠《ほふ》る。それが人間の本質なのだと」

二度の裏切りを経て、彼は人間を信じられなくなった。

抑止力を失ったことで王国は暴走し、他国との大戦争に発展。たった一年半で、人類は滅亡した。

その始終を、彼は見守っていた。

「私は思った。こんな愚かな種族は、この世界にはいらない。だから変えよう。人類を選別、もしくは滅亡させることで、愚かな未来を防ぎたいんだ」

スカールは私たちに手を差し伸べる。

そこに敵意はなく、友好的に、私たちに歩み寄ろうとしていた。

「どうか力を貸してくれないかい？　力を持つ君たちならば、人類を正しく導き、選別することができる。人間は数が増えすぎた。君たちが管理できる数まで減らせば、愚かな人間を抑制できる」

「お断りよ」

「オレも御免だな」

「――！」

イルミナとレグルスが即答した。

私は驚いた。そんなにあっさりと結論を出してもいいことなのかと。

スカールが目を細めて尋ねる。

「なぜだい？　このままいけば、人類は滅亡するよ」

「それは失敗した未来の話でしょう？　なら失敗しなければいいだけよ」

「ま、そうだな。オレたちは知った。ならそうならないようにすればいいだけだろ。何も人類を選別なんざする必要はねーよ。そもそもオレらは神じゃねーんだ」

「初めて意見が合ったわね」

「はっ！　お前さんは自分のものを手放したくないだけだろうが」

「ふふっ、それもあるわね。私は私を信じているの」

二人にはそれぞれの考え方があり、意図は違えど、出した結論は同じだった。

私も二人と同じことを思う。

失敗した未来を知ったなら、そうならないように今から頑張ればいいだけだ。何も人類の数を減らすなんてしなくても……。

「わかっていないね？　そんな甘い考えだから滅ぶんだ。教えてあげよう。君たちを最後に、千年間ビーストマスターは生まれない」

「生まれない？」

「私が次の世代だ。世界はビーストマスターを欠いた状態で、千年という長い時間を過ごした。その間に、多くの国が消え、生まれ、また消えた。私が生まれた時点で、人口は十分の一以下だ。抑止力を失った人類は、より多くの力を得るために戦い、逆に多くを失ったんだよ」

スカールは言う。ここが分岐点なのだと。

ビーストマスターは人類の抑止力だった。それを失う前に、人類を正しい方向へ導く必要がある。

数を減らし、管理する。

それができなければ、滅ぶしかない。どうせ千年もかけて滅ぶなら、今すぐに滅ぼして、新たな文明が生まれることに期待しよう。

スカールの目的が徐々に明確にわかってきた。

彼は今の人類を終わらせて、人類に変わる新しい命の誕生に賭けたいのだ。

「セルビア、君ならわかるんじゃないかな？　裏切られ、搾取され続けていた君なら」

「……」

人間をあまり信用しないほうがいい。

そう言われる以前から、私はそこまで他人を信じていなかった。信じられる理由がなかったから。

でも、苦しい時、辛い時、手を差し伸べてくれた人がいた。

温かな世界に、導いてもらった。

ノーストリアでの出会いは一つ一つが特別で、かけがえがなくて、私は初めて心から人を信じられるようになった。

「あの頃の私なら、そうだったかもしれませんね」

「……」

「私は知っています。辛く苦しい時でも、手を差し伸べてくれる人がいることを。人の多くは、悪でありたいわけじゃない。人の心には必ず善性があります。私はそれを信じたい……信じてもいいと思えるようになりました」

みんなのおかげだ。

リクル君やリリンちゃん、ルイボスさんとアトラスさん。これまでの出会いが、私の考えを変えてくれた。

だから、私が出す結論も、二人と同じになる。

「私は人の善性を信じたい。だから、あなたと同じ道は歩めません」

「オレの雇い主もそういうだろうよ」

「私は自分のために行動するわ。この先も変わらない」

噛《か》み合ったようで、絶妙に噛み合ってはいない。けれどこの日、初めて三人のビーストマスターの意見が一致した。

イルミナとは絶対に相容《あいい》れないと思っていたけど、私たちも同じ人間だ。

すべてが反発し合うわけじゃないのだということか。

「それが君たちの選択か。愚かだよ。今ならまだ、人類が生存するルートも残されていたというのに……君たちの選択が、人類を終わらせる」

「終わらせねーよ」

「私たちが何のためにいるか知らないの？」

「人々を守護するためです！　あなたが世界を終わらせるなら、私たちは全力で止めます！」

「——なら、終わらせよう」

地響きが鳴る。

彼の背後の地面がひび割れ、禍々《まがまが》しいオーラを纏《まと》った異形《いぎょう》の怪物が現れる。

なんと形容すればいいのだろう。この世の終焉《しゅうえん》、悪臭のヘドロ、百鬼夜行の集合体……まさに地獄絵図。

それは生物と呼ぶにはあまりにも異質で、魔獣でもなく、精霊でもなく、悪魔や天使とも違う。

私たちが知らない怪物を背に、スカールは仮面をはめる。

「これは人類の成れの果て。争いに散った愚かな人間たちの怨念と後悔の集合体。人類悪アンリマユ」

「これが？」

文献で名前のみ知っている仮想の神。

人類の悪性からなる絶対的な破壊者が、こんな形をしている？

人間であった痕跡など一切ない。ただの気持ちの悪い怪物が、私たち人間の……。

「これこそが人類の終点。人類こそがあらゆる生物の終わりを招いた！　こうなる前に、私が世界を変えてみせる」

「醜いわね」

「こいつは中々……」

「すでに準備は整った。君たちを殺し、この力で人類の歴史を終わらせる」

「そんなことさせません！　未来は私たちが守ります！」

ひるんでなんていられない。

今を生きる人々のために、私が信じた善性が、悪性に勝っていると証明するために。

私たちが止めるんだ。

「力を貸してください！　未来のために」

「最初っからそのつもりだぜ」

「いいわ。今だけは協力してあげる。私の世界を誰かに壊させはしないわ」

三人のビーストマスターが挑む。

人類の成れの果て、最後のビーストマスターに。

「来るといい。君たちを呑《の》み込んで、私は世界を変える」

第五章

戦闘中だったはずのビーストマスター三名が突然行方不明となった。

その衝撃と混乱は、ノーストリア王国側だけではなく、ウエスタン王国の兵たちにも伝《でん》播《ぱ》していた。

「イルミナ様からの連絡は？」

「ありません」

「そうか……」

イルミナの合図でノーストリアの王都に突入するはずだった大部隊は、彼女が不在になったことでタイミングを失った。

ノーストリア王国側も対抗するため、王都外周に兵力を集めている。

現在はにらみ合いが続いていた。

しかし、どちらもビーストマスターを欠いた状態である。

戦うこともできず、かといって撤退することもできない。

膠着《こうちゃく》状態の中、ノーストリアの王城でもリクルを中心にセルビアの捜索を開始していた。

「リリン！　鼻の利く奴《やつ》らを捜索に回してくれ！」

「了解っす！　メガネ先輩も行くっすよ！」

「待ってくれリリン。殿下！　外はどうするおつもりですか？」

「今は待機だ。あちらも軽々と責めこめないだろうからな」

「王子、街の住人の避難はほぼ完了しました」

「ありがとう。アトラスも捜索に加わってくれ。彼女の痕跡を捜すんだ」

リリン、ルイボス、アトラスがセルビアを捜すために奔走する。

リクルも駆け出したい気持ちでいっぱいだが、指揮する人間が慌ててはいけないと冷静さを保っていた。

「セルビア……」

しかし誰よりも心配している。

戦いが終わったのではなく、突然三人ともいなくなってしまった。

何か起こったと考えるのが自然だろう。

セルビアやレグルスでも予測できなかったことが……。

イルミナの作戦にハマってしまったのかもしれない。

不安が過《よぎ》る中、新たな悲劇が襲う。

「殿下！」

「どうした?」

一人の騎士がリクルの応接室に駆け込んできた。

「セルビアが見つかったのか?」

「いえ、ビーストマスター様は依然、行方知れずです。それより、窓の外を見てください!」

「外? ――なんだあれ……」

リクルは窓の外を見て驚愕《きょうがく》した。

青かったはずの空が赤く染まっている。夕焼けには早く、オレンジ色でもない。まるで血に染まったかのような赤。

加えて空を漂う雲は漆黒に変化し、雲の中から雨のようにドロドロとした液体が流れ落ちてくる。

「何があったんだ? ウエスタン王国の作戦か?」

「いえ、どうやら違うようで……あちらも混乱していました」

「作戦でないなら……」

何が起こっている?

嫌な予感がリクルの脳裏に過る中、アトラスが部屋に瞬間移動してきた。

「王子、緊急事態です」

「空のことか？」

「はい。雲から流れ落ちた泥が、正体不明の魔獣に変身して人を襲っています」

「なんだと？」

◇◇◇
「く、くるなぁ！」

「怯《ひる》むな！　応戦しろ！」

王都の外では大混乱が起こっていた。

突如として現れた正体不明の魔獣たちが、無作為に人間を襲い始めたのだ。

それは生物の形をしていない。

魔獣とも、動物とも異なる姿をしていた。

黒いヘドロが寄せ集まり、不気味な何かに変身して襲い掛かってくる。

形容しがたい恐怖に襲われ、屈強な兵士たちですら後ずさる。

魔獣が襲っているのはウエスタン王国側だけではなく、防衛のために集結していたノーストリア王国の兵もだった。

「くそっ！　ウエスタンの兵器か？　こんな不気味なものを」

「どうやら違うようです。あちらも襲われています」

「なら何だというんだ！　ビーストマスター様が不在の時に……」

国を攻める、国を守る。

異なる目的を持った両陣営だが、もはやそれどころではなくなっていた。

魔獣は王都の外だけではなく、王都内にも出現している。

「なんなんすかこいつら！」

「不用意に近づかないほうがいい。まずは様子見を」

「暢気《のんき》なこと言ってる場合じゃないっすよ！　もう囲まれたじゃないっすか！」

「っ……魔獣、なのか？」

ルイボスはメガネのレンズをこすり、目の前に迫りくる異形の怪物たちを観察する。

動物ではないが、魔獣とも違う気配がある。

「……人……？」

「は？　あれが人間だって言うんすか？　ありえないっすよ」

「いや、なぜかそう思ってしまったんだ。リリンはどうなんだ？」

「だから人なわけ……そんなわけ……」

彼らは直感的に思う。

魔獣ではない。動物でもない。人間の見た目からはるかに遠いのに、人の気配を感じてしまった。

戸惑う二人を魔獣が襲う。

反応が遅れてしまった二人の前に、アトラスが瞬間移動で現れ、襲い掛かってきた魔獣を蹴飛ばした。

「油断しないでくださいよ」

「ゆ、油断なんてしてないっすよ！」

「助けたんですけど？」

「うっ、ありがとうっす」

「ん？　最近ちょっと素直になりましたね」

「後輩の生意気さは全然変わらないっす！」

「二人とも……こんな時に喧嘩《けんか》はやめてくれないか」

ある意味平常運転の三人だったが、どんどん増え続ける魔獣に囲まれ、退路が断たれていく。

「魔獣を落としているのはあの雲っすよね」

「そのようだね」

「あれ自体が巨大な魔獣なのかもしれないですが、今は考えても仕方がない。俺たちの役目は、こいつらが避難民のところへ行かないように食い止めることです」

「わかってるっすよ！」

増え続ける魔獣は、人間を探している。

戦争に備えて避難した人たちの元へ、一直線に向かっていた。

三人は人々を守るため、己の力を駆使して魔獣と戦う。

魔獣は破壊されてもすぐに再生し、別の形になって襲い掛かってくる。

「キリがないっすね」

「このままじゃ押し切られる。僕たちの体力も無限じゃない」

「さすがに厳しいですね。俺たちだけじゃ」

兵力の大半は、ウエスタン王国の軍勢と対抗するため、王都の外へと派遣されてしまった。

王都内に残っている兵力は僅かであり、要であるビーストマスターもいない。

徐々に物量差で押されていく三人は冷や汗を流す。

「【ポゼッション】――ウリエル」

そこへ無数の光が降り注ぐ。

光は魔獣たちに当たると燃え上がり、辺り一帯の魔獣を消滅させた。

リリンが空を見上げると、そこにいたのは――

「殿下⁉」

「この力……俺と同じ……」

「ポゼッシャーだったんすか！」

「は、初耳ですね……」

「説明は後だ。今はこいつらを倒すぞ！」

長らく隠してきた秘密を晒《さら》すことになろうとも、リクルは力を振るう選択をした。

そうしなければ王国を、人々を守れないから。

力を晒すリスクより、力を行使し国を守る選択をした。

「セルビア、どこにいるんだ……」

この騒動も彼女が消えたことと関係しているはずだ。

そう考えたリクルだが、増え続ける魔獣たちのせいでセルビアの捜索をする余裕もなくなった。

彼は信じて待ち続ける。

「きっと彼女も、どこかで戦っているはずだ」

信じ、守る。

彼女が帰るべき場所を、王子として守り抜くことだけを考える。

アトラスが街の外周方向を見つめて言う。

「殿下！　外でも混乱が起こってるみたいですが、どうしますか？」

「ウエスタンの軍勢と協力してでも迎え撃て！　こんな状況だ。敵味方なんて関係ないからな」

「そうですよね。じゃあ指示してきます。すぐ戻るんで、気を抜かないでくださいよ？　ちっさい先輩」

「誰がちっさいっすか！　お前なんていなくてもウチは平気っすよ！」

彼らは奮闘していた。

ビーストマスターたちの帰還を信じて。

◇◇◇

私たちは苦戦を強いられていた。

世界最高戦力、ビーストマスターが三人も揃《そろ》っているのに。

「ちっ、劣勢だな。ちくしょう」

「口ではなく身体《からだ》を動かしたらどうかしら？　その筋肉は飾りなの？」

「うるせーぞ！　そっちこそ休んでんじゃねーよ」

「心外だわ」

「二人とも！　今は喧嘩している場合じゃないですから！」

文句を言いながらも協力し、私たちは人間の成れの果てと戦闘を続けていた。

「どれだけ足掻《あが》こうと無駄だよ。アンリマユには勝てない」

「勝手に言ってくれんな！」

「なめられたものね」

「侮ってはいないよ。ビーストマスターの恐ろしさはよくわかっている。ずっと見てきたからね」

スカール自身がビーストマスターであり、彼は時間移動の力で様々な時代を体験している。

おそらく私たち以前のビーストマスターのことも知っている。

私たちよりもビーストマスターと関わってきた彼だからこそ断言できる。

「君たちはビーストマスターの中でも上澄みだ。三対一……本来なら私に勝ち目はない。でも、今の君たちなら話は別だ」

アンリマユは異形の軍勢を作り出し、三人を取り囲んでいる。

圧倒的な物量、加えて一体一体の強さも相当だった。

対処はできても、本体であるアンリマユや、召喚者のスカールには一歩も近づけない状況が続いている。

理由は自分たちが一番わかっていた。

「はぁ……っ……」

私は大きくため息まじりに呼吸をする。

私たちの動きを鈍らせているのは疲労だ。

特に私とレグルスは、魔界での戦闘後、イルミナたちとさらに激しい戦闘を繰り広げた。

切り札である魔王の憑依《ひょうい》も、三人とも使うことができない。

魔力も有限だ。

この場で運用できる手段は全て使っているが、攻めきれない。

「このままじゃ……」

じり貧で私たちが負ける。

そうなったらノーストリア王国が……世界が終わってしまう。

「いくら足掻いても無駄だよ。今頃、君たちの時代でも混乱が起こっているはずだ」

「──？　どういう……」

「アンリマユの切り離した一部を、君たちと戦いながら過去の世界に送り込んでいるんだよ」

「マジかよ。ってことはこいつら、ノーストリアで暴れてやがるのか！」

「そんな……」

現代にアンリマユの脅威が襲っていることを知り、いよいよ時間もなくなる。

粘っているだけじゃ勝てない。

仮に負けなくても、私たちが戻った時に世界が悪に包まれているかもしれない。

焦りで額から汗が流れる。

「リクル君……みんな……」

早く、早くしないと！

一秒でも早くアンリマユを倒す。そうすれば現代を襲うアンリマユの一部も消滅するはずだ。

問題は、アンリマユを倒すだけの手段が、今の私たちにないこと。

「おい女狐《めぎつね》！　なんかいい案出しやがれ」

「自分で考えなさい」

「オレはそういう難しいこと考えるのは苦手なんだよ」

「筋肉だるまはこれだから困るわね」

「だーもう！　それでいいからさっさと案出せ！　得意だろうが！」

「じゃあ考える時間がほしいから、その間は頑張って私のことを守ってくれるかしら？」

「それは無理だな。オレはオレで手いっぱいだ」

魔獣の勢いが収まらない。

私も含め、三人とも作戦を考える余裕すらなくなっていた。

刻一刻と過ぎる時間、消耗していく魔力と体力。精神もすり減らし、何かないかと疲れた頭で考える。

何かあるはずだ。

起死回生の一手になり得る何か……。

「リクル君」

思い浮かんだのは、私がもっとも信頼する人物だった。

彼が持つ隠された才能……大天使ウリエルの力なら、この状況を打開できるかもしれない。それと同時に一つの可能性に気づく。

「レグルスさん！　イルミナさん！　私に考えがあります！」

「なんだ？」

「言ってみなさい」

「私たちの力で、未来と現代を繋《つな》ぐ道を作るんです！」

二人は同時に、まったく同じ反応をする。

言葉にはしないが、何を言っているんだという顔をされてしまった。

「スカールが言っていました。今も現代に向けて、アンリマユの一部が送られている……それってつまり、現代と未来を繋ぐ道が、どこかで開き続けているって意味じゃないですか？」

「……確かにな」

「ここからアンリマユを送っているならそうなるわね」

「それを捜して利用して、現代に戻るって算段か？」

「違います。このまま私たちが戻っても、混乱の場所が変わるだけです。だから呼ぶんです！　私たちと一緒に戦ってくれる仲間を」

狙いは戦力の補充。

現代でアンリマユが猛威を振るっていても、本体を倒せばすべてが消える。ならば現代の戦力も全てここに投入する。

私たちは今の力を総動員して、最悪の未来に立ち向かうんだ。

「作戦はわかったがよぉ。どうやって見つける？　そんな気配はこれっぽっちもねーぞ」

「本当に考えるのが苦手ね。私たちはどうやってこの時代に飛ばされたの？」

「ん？　ああ、あの時の感覚か」

「はい！　あれは私たちが知らない何かの力でした。おそらくスカールが召喚したんだと思います」

そして今もどこかで、その力を行使し続けている。

姿は見えなくとも、アンリマユやスカールの近くにはいるはずだ。

ならば手段はある。

私たちは何と呼ばれている?

「やってやろうじゃねーか！」

「いいわ。その作戦にのってあげる」

「合わせます！」

「――!?」

アンリマユと戦う私たちまで、大きく覆うように召喚の魔法陣を展開する。

「アンリマユの契約権を奪うつもりかい？　無駄だよ。今の君たちじゃ、私から契約を奪うことはできない」

「そいつはどうかな？」

「やっぱりあなた、私たちを侮っているわね」

「私たちはビーストマスターです！」

世界最高の力を持つ人間が三人も揃っている。

疲労していようと、私たちが力を合わせれば、従わせられない相手などいない。

狙いはアンリマユではなく、周囲のどこかにいる時間移動の何か。

あれは魔獣か、それとも悪魔だったのか。

正体は不明、けれど生物であれば、私たちの契約範囲内だ。

「見つけました！」

「――！　そうか。そっちが狙いか。私から時の魔獣を奪うことが」

強大な力を持つ存在ほど、その契約は強固になる。

たとえ万全な状態でも、アンリマユを奪うことは難しかっただろう。しかし、時の魔獣の契約は、アンリマユほどではなかった。

浮き彫りになった時の魔獣と、私たちは再契約をする。

「よし！　開くぞ！」

「ええ」

「はい！」

さっそく時の魔獣の力を行使する。

空間に穴が空き、現代の世界と未来の世界にトンネルが作られた。穴から現代の様子が見てとれる。

ノーストリア王国を、アンリマユから分離した魔獣が襲っていた。

「逃げる気かい？　なら私も後を追うだけだよ。時間を操作できる魔獣は他にもいる」

「逃げません！」

私は待っている。

たとえ説明しなくとも、一言声をかけることで、彼なら来てくれると。

私が彼を信じるように、彼も私のことを信じてくれているなら。

「リクル君！」

「セルビア！」

たった一言、名前を呼ぶだけで意図は通じる。

すでにウリエルを憑依させたリクル君が、現代から未来の世界へと移動してくる。

彼が持つウリエルの力は、神の光と炎を操る。

光は魔を滅し、人を癒す力があった。

ウリエルの光に包まれて、私たちの身体が超回復を開始する。

「身体が軽くなったぜ！」

「これなら……」

「ありがとう、リクル君」

「無事でよかった。あれが元凶か？」

「うん」

詳しく説明している時間はない。

それをわかっているリクル君は、すでに戦う姿勢をとっていた。

「国はみんなに任せてきた。俺も一緒に戦おう」

「うん！」

「一人増えたところで、結果は変わらない。人が積み重ねてきた罪の重さに押しつぶされるといい」

「スカール！」

リクル君がスカールに向かう。

しかしアンリマユの魔獣に阻まれてたどり着けない。

「くっ……」

「リクル君！　先にアンリマユを止めよう！」

「そうだな。行けるか？」

「うん！　リクル君のおかげで、力が戻ったよ」

ウリエルの再生能力によって体力、魔力ともに万全な状態に戻った。

今なら使える。

私たちの切り札を。

三人とも、考えていることは同じだった。

「【ポゼッション】――サタン」

「【ポゼッション】――アスタロト」

「【ポゼッション】――ベルゼブブ」

魔界の三大支配者が、未来の世界に降り立つ。

『こんな日がくるとは思わなかったぞ』

『長生きしてみるもんだなぁー！』

『恨みは忘れん。だが、今のワシらの敵は――奴だ』

三人の魔王は人類悪を見据える。

その背後にいるスカールに、魔王サタンは言う。

『久しいな。スカール』

「お久しぶりですね。魔王様方」

（お知り合いだったんですか？）

『元契約者の一人だ。召喚や憑依には、過去や未来の概念は適用されない』

未来の誰かがサタンを憑依させることもあれば、過去の誰かがサタンを呼ぶ出すこともある。故に彼らは、過去から未来までの記憶をすでに持っている。

つまり……。

（知っていたんですね。未来でどうなるのか）

『余らには関係のないことだ。人間どもがどうなるかなど、お前たちが選んで決めればいい。余らはただ、それを見ている側だ』

（……はい）

『安心しろ。今の余らは憑依に同意した。ならば同じ目的を果たそう』

三人の魔王と人類悪アンリマユ。

人類史上最大の戦いが始まってしまった。

この戦いに勝てなければ、人類は滅亡するだろう。そうさせないために、私たちビーストマスターはいる。

「俺も戦わせてもらうぞ」

『天使の力か』

「今は気にする時じゃない」

『……無論だ』

三人の魔王だけじゃない。天敵である天使すら力を貸して、人類悪に挑んでいる。

まさに世界の、人類の集大成だ。

「どうして抗《あらが》う？」

『それが人間だからだ。人間とは愚かで、矮小《わいしょう》で、度し難い……だが、そんな人間が何千年という時を経て繁栄し、世界を形作った』

『オレらよりはるかに弱い人間が、オレら以上に成長しやがる』

『時に腹立たしいが、見ていて飽きないのも事実だ』

召喚、憑依によって異界での交流が増えた。

彼らは私たちを通して、人間の世界を見て、聞いて、感じている。彼らなりの解釈で、人間に興味を持ってくれていた。

これまでの関係が、経験が、私たちの背中を押している。

すべての出来事が、今この瞬間に集約されていた。

「魔王まで人間の味方を……」

戦況は依然として膠着している。

だが確実に、少しずつだが前進していた。そこへリリンちゃんとルイボスさん、アトラスさんも時の魔獣のトンネルを通ってやってくる。

「お待たせせっす！　セルビア先輩！」

「無事でよかった」

「これが本体ですか」

一時的に、肉体の主導権をサタンから自分へと戻す。

「みんな！　ノーストリアは？」

「あっちの魔獣はほぼ片づけましたよ。手が空いたんで、俺たちも加勢します」

「みんなも一緒っすよ！」

ノーストリアで育てている魔獣や動物たちを引き連れてきたようだ。

不足していた戦力が一気に増し、アンリマユを押す。

「こんな……どうして……」

仮面の下はどんな表情をしているのだろう。

見えないし、わからない。

私たちは全員で協力して、アンリマユの本体までたどり着く。

「これで終わりだ！」

リクル君のウリエルの力が、神の光が人類悪を照らし浄化していく。

人類悪となっていた人間の記憶が、心が、消滅の余波で世界中に拡散される。

私たちの脳内には、滅びゆくまでの記憶が浮かんでいた。

争い、恨み、憎しみ合い。

辛《つら》く苦しい戦いの果てに、世界は破滅し、人類は滅亡してしまった。

この光景を、スカールは見ていたのだ。

私はやっと、スカールの仮面の下がどんな表情をしているのかわかった。

「仮面をかぶるのは、悲しむ顔を見せないためですね」

「……どうしてそう思う？」

「あなたは争いを望んでいない。本当は優しくて、誰より平和を望んでいる人だと、わかったからです」

「……」

世界を変える。人類を本気で滅亡させる気なら、私たちの時代ではなく、その後のビーストマスターが不在になった時代で事を起こせばいい。

あえて三人もビーストマスターがいる現代を選びはしない。

「打ち勝ってほしかったんじゃないですか？　本当は私たちに、自分は間違っていると否定してほしかったんじゃ……」

人間に裏切られ続けた彼は、それでも心の奥底で、人間を信じたいと思っているのかもしれない。

もしもそうだとしたら、私たちは……。

「私は敗れた。あとは君たちが勝手に進むといい。滅亡するのも、続くのも君たちの努力次第だ」

「滅亡なんてさせません。絶対に！」

「……ふっ」

こうして、人類の存続をかけた戦いは終結した。

エピローグ

時は流れ、私たちが現代に戻ってから一か月が経過した。

何かが変わったか、と問われたら、正直あまり変化はないように思える。

けれど、心境の変化は大きかった。

「戦いの最後、未来の記憶は世界中にばらまかれた。俺たちだけじゃない。世界中の人々が、悲惨な未来を知ってしまった」

「それが逆によかったのかもしれないね」

人々は考えるようになった。

人間の在り方と、これからどうしていくべきなのか。

争いが破滅を呼び、何もかもを失う未来を知ったことで、世界中から争いが激減していた。

小競り合いはなくならないけど、これまで続いていた戦争が終わったり、各国で不可侵の同盟を結んだりと、争いから遠のく動きが加速している。

もっとも好戦的な姿勢を示していたウエスタン王国も、対応を切り替えた。

「あんなものを見せられたんだ。今、侵略戦争なんてしたら世界中が敵になる。ウエスタン王国としても、そうせざるを得ないだろうな」

「イルミナさんは不服そうでしたね」

「考えが変わらない人間もいるってことだ」

ウエスタン王国との戦いも、うやむやな状態で終わりを迎えた。

カルマ王子とレグルスは、あの後すぐに同盟国であるソーズ王国に戻られた。

王国で起こっている混乱を収めるためだった。

それから何度か、ノーストリアに遊びに来てくれている。争いの心配が減った今でも、友好的な関係は続いていた。

「ソーズ王国の技術提供のおかげで、人々の暮らしもかなりよくなったな」

「うん。宮廷の子たちのお世話もやりやすくなったよ」

「それはよかった。リリンたちは？」

「ルイボスさんは私と同じでお休み。リリンちゃんは書類仕事を頑張っているはずだよ」

「リリンがか？」

「アトラスさんに教えてもらいながらね」

◇◇◇

「はいこれ。次の書類」

「……多いっす」

「俺の半分ですからね？」

「くっ……終わる気がしないっすよ」

「泣き言いわない」

テキパキと書類仕事をこなすアトラスに対して、リリンは頭を悩ませながら書類と睨《にら》めっこしていた。

「本当に苦手ですね」

「だから言ってるじゃないっすか！」

「もう少し普段から頭を使ったほうがいいと思いますよ」

「人を馬鹿みたいに言わないでほしいっす！」

プンプン怒るリリンを、アトラスは軽くあしらう。

「はいはい。さっさと終わらせましょう」

「うぅ……終わったらご飯驕《おご》ってください」

「え？　なんで？」

「頑張ったんだからご褒美っす！」

「そういうのは普通先輩から後輩に……まぁいいや」

◇◇◇

「あの二人は喧嘩《けんか》ばかりだけど、なんだかんだで仲がいいな」

「うん。見てて何だかほっこりするよ」

「ははっ」

休日にリクル君と二人きりでお散歩をする。

日頃忙しくて話せないから、気分転換の、こういう時間がとても貴重だった。

あれからリクル君は忙しくて、会合で国を離れる機会も増えてしまったから、こうして会うタイミングも限られている。

忙しいから仕方がないけど、やっぱり寂しい。

「さて、そろそろ準備しないとな」

「もう出発?」

「ああ」

「私が行ったことのある場所ならよかったんだけどね」

「俺も初めて行く国だからな」

また国同士の会合が開かれる。

今度は南の果てにある国へ向かうらしい。

「私も一緒に行けないかな？」

「それ、俺から頼もうか悩んでたんだ」

「そうだったの？」

「ああ。一緒に来てくれると移動がかなり楽になる。それに、話す時間も増えるからな」

どうやら同じことを考えていたらしい。

私には私の仕事がある。

リクル君についていけば、数日から一週間以上、国を留守にするだろう。その間、私の仕事は他の誰かにお願いしないといけない。

「みんなにまた迷惑をかけちゃうね」

「それくらい頼ればいい。みんなだってそう言うと思うぞ？」

「うん」

知っている。みんな優しくて、頼りになる人たちばかりだから。

「頼れる時には頼ればいい。逆の時は、ちゃんと手伝ってやれ。それでいいんだ。そうやって、俺たちは支え合って生きているんだから」

「そうだね。うん……」

スカールはあれから、どこかへ消えてしまった。

未来の世界に残ったのか。それともどこかで、私たちのことを見ているのか。

「私、思うんだ。スカールは最初から、負けるつもりだったんじゃないかな?」

「どうして?」

「アンリマユの中にあった未来の記憶を、現代の私たちに届けるためにだよ」

あの記憶をみんなが知ってから、意識が変わった。

悲しい未来を避けるために、争いを排除する動きが増えている。

これこそが、スカールが求めていたことだったんじゃないだろうか?

「俺たちを試していたってことか」

「そういうんでもないよ。ただ本当に……どうにかしたかったんじゃないかな」

彼だけが、未来の悲惨さを肌で体感している。

誰よりも絶望し、後悔し、苦しんでも尚《なお》、非情にはなり切れなかった。

心のどこかで期待していたのかもしれない。

人間は正しい道を選択することだってできると。

絶望を知れば、そうならない道を模索するために、手を取り合うことだってできるはずだと。

真偽はわからない。

たぶんもう二度と、私たちの前に現れることはないだろう。

「誰かが誰かを信じて、それに応える……そういう世界ができたら、きっと争いも起こらないんだろうな」

「うん。信じられる人がたくさんいる国にしよう」

「ああ、王子としての責務だな」

「私も、ビーストマスターとして支えるよ」

私自身、信じられる人がいたからこそ、ここまでやってこられた。

独りぼっちのままだったら、いろんなことに絶望して、心が壊れていたかもしれない。

彼と出会い、誘われて。

多くの人々と繋《つな》がった経験が、今の私を歩ませる。

これからも私は、信じられる人たちと一緒に、長い人生を歩んでいく。

願わくは、私たちの軌跡が、未来にまで届きますように。

あとがき

ようこそ読者の皆様、日之影ソラです。まずは本作を手に取ってくださった方々への感謝を申し上げます。

新天地で大活躍するビーストマスターの生活にも変化が生まれ、様々な出会いや同じビーストマスターとの邂逅など、イベント盛りだくさんな本作。

恋愛面でも進展があり、目が離せないかと思います。

少しでも面白い、続きが気になると思って頂けたなら幸いです。

以前のあとがきで、私は猫を飼っていることをお伝えしました。

実は最近、自宅の周りに棲みついていた地域猫を保護して、家族として迎え入れました。

出会ってから一年近く経過しており、交通量も多いところだったのと、いずれ引っ越す予定があったので保護に踏み切りました。

近くの保護猫カフェに相談して捕獲機を借りましたが、全然違う猫ちゃんが入って失敗。

この地域は猫が多すぎて捕獲機では無理でしたね！

仕方ないので網を使って気合で捕獲しました！

幸いなことにすぐに慣れてくれて、今では元野良だったことも忘れるほどのんびり過ごしております。

まだ私以外の人間は怖い様子で、お世話になっているシッターさんには早く慣れてほしいところです。

元々野良で生活していた子を迎え入れるのは相応の覚悟が必要ですが、私は猫のために仕事をしているので、その覚悟はとっくにできておりました！

保護したい猫はまだおります。何なら日に日にうちに来る猫が増えているので、最終的には大家族になりそうですね！

保護した猫の様子が見たい方は、ぜひ私のXアカウントを見てくださいね！

作品の宣伝もいっぱいしております！

最後に、素敵なイラストを描いてくださったm／g先生を始め、書籍化作業に根気強く付き合ってくださった編集部のYさん、Sさん。WEBから読んでくださっている読者の方々など。本作に関わってくださった全ての方々に、今一度最上の感謝をお送りいたします。

それでは機会があれば、またどこかのあとがきでお会いしましょう！

二〇二四年七月吉日　日之影ソラ

紅の死神は眠り姫の寝起きに悩まされる1

［著］もり　［イラスト］深山キリ

無愛想皇太子×秘密の力をもつ姫の
押せ押せ♡王宮スイートラブロマンス
書き下ろし番外編&イラストも収録した待望の文庫版！

強大な帝国と同盟を結ぶため、政略結婚することになった姫・リリス。「目指せ、押しかけ女房！」の精神で嫁いだけれど、夫のジェスアルドは人々から“紅の死神”と恐れられ、リリスのことも冷たくあしらう。でも、そんなことでめげるリリスじゃない！　このままキスも知らないで生きていくのは絶対にいや!!　だけど実はリリスも、国家機密級の秘密を抱えていて……？

この本を読んでのご意見・ご感想・ファンレターをお待ちしております。
〒104-8357 東京都中央区京橋 3-5-7
(株)主婦と生活社 PASH!文庫編集部
「日之影ソラ先生」係

PASH!文庫

※本書は「小説家になろう」(https://syosetu.com)に掲載されていたものを、改稿のうえ書籍化したものです。
※この作品はフィクションであり、実在の人物・団体・法律・事件などとは一切関係ありません。

宮廷のビーストマスター、幼馴染だった隣国の王子様に引き抜かれる
～私はもう用済みですか？　だったらぜひ追放してください！～ 2

2024年7月15日 1刷発行

著　者　日之影ソラ
イラスト　m/g
編集人　山口純平
発行人　殿塚郁夫
発行所　株式会社主婦と生活社
〒104-8357 東京都中央区京橋 3-5-7
[TEL] 03-3563-5315(編集) 03-3563-5121(販売)
03-3563-5125(生産)
[ホームページ]https://www.shufu.co.jp
製版所　株式会社明昌堂
印刷所　大日本印刷株式会社
製本所　株式会社若林製本工場
デザイン　小菅ひとみ(CoCo.Design)
フォーマットデザイン　ナルティス(粟村佳苗)
編　集　染谷響介

　ISBN978-4-391-16310-0